글로 쓰는 상실

글로 쓰는 상실

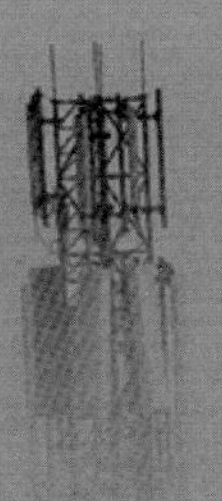

정덕현 소설집

작가의 말

20대 중반에 문단에 등단을 했으니 부끄럽게도 이제 등단한지 35년이 넘어가고 있다. 하지만 그동안 별다른 화제작도 내지 못한 채 세월만 허비하며 살다보니 문학인으로서 마음이 타들어 갈 때가 많았다. 그럴 때면 가끔은 흐르는 금강을 바라보면서 울분을 토한 적도 있었던 것 같다. 그런 절박한 마음을 담아서 이번에 소설집을 내보기로 했다.

작품 속 <흐르는 소리>는 공주가 배경이다. 공주는 아내의 고향이다. 대전으로 시집와서 30년 넘게 나와 살다보니 이제는 대전에 더 익숙하다는 말은 하지만 늘 마음은 공주에 있는 거 같다. 공주에는 그녀의 추억이 있고

가까운 지인들이 아직도 살고 있는 곳이다. 그래서인지 가끔은 공주까지 드라이브 가자고 부추기는 경우가 많다. 그런 연유로 공주에 자주 가다보니 나에게도 공주는 제2의 고향이 된 느낌이다.

대전에서 공주까지 드라이브를 하다보면 눈에 띄는 건물 하나가 있다. 그건 '박동진 판소리 전수관'이다. 그곳을 보면서 공주에 이런 귀한 판소리 명창이 있었다는 것이 자랑스럽기도 했다. 그분을 대상으로 창작을 해보고 싶다는 꿈이 공주를 오가면서 오래 전부터 새록새록 생기기도 했었는데. 박동진 명창에 대한 소설 <흐르는 소리>를 쓰게 된 것은 여러모로 인연이 절묘하게 작용하였다고 생각한다.

<흐르는 소리>는 박동진 명장에 대한 존경과 문학에 대한 나의 애정, 그리고 아직도 마르지 않고 금강에 남아 있는 젊은 시절에 흘렸던 눈물까지 보태지지 않았는지 생각하면서 감회가 새로웠다.

<상실의 깊이>는 구상은 아주 오래전에 했었는데, 완성하는 데 오년이 넘게 걸렸다. 아직도 다듬을 부분이 많지만, 내 여린 마음을 가장 잘 표현할 수 있었던 작품이라고 스스로 생각하기에 다른 작품보다 애정이 더 간다.

그밖에 이 소설집에 수록된 다른 작품들은 그동안 문학지에 발표했거나. 최근에 쓴 작품들을 모은 것이어서 나름대로 의의가 있다고 본다.

이번 작품집은 아내를 위한 깜짝 선물이라는 생각도 든다. 세상이 변하여 첨단과학 시대에 살고 있음에도 불구하고 나 같이 글 쓰는 사람은 선물도 여전히 구식으로 준비할 수밖에 없다는 생각이 든다. 어떤 때는 구식이라는 단어가 폄훼 차원이 아니라 정답고 그리운 단어라는 생각이 들 때도 있다. 나의 살아가는 생활방식 자체가 구식이다 보니 급변하는 오늘을 살아가는데 있어서 어려움을 겪는 경우도 많다. 그러나 아직도 구식이 좋으니 구식이라는 소리를 들어도 어쩔 수는 없는 것 같다.

여하튼 이번 출판을 위해 많은 분들이 힘써 주셨다. 모든 분들을 일일이 다 나열하지 못하지만 감사한 마음을 늘 마음에 간직하고 빚진 마음으로 살고자 한다.

저자 정덕현

차례

1장

상실의 깊이

상실의 깊이 아르코문학상 창작기금 선정작

너무나 완벽한 내 여자라, 품속엔 부드럽게 너를 안고, 너만을 위해서 나는 난폭해지고, 결국엔 강한 자가 얻게 되는 미인, I win, 나 으르렁 으르렁 으르렁 대, 나 으르렁 으르렁 으르렁 대.

엑소의 <으르렁>이 차 안에서 유영하는 동안, 운전하는 당신의 등줄기로 식은땀이 흘러내린다. 운전대를 잡은 순간부터 지금까지 당신은 줄곧 운전에 집중하지 못하고 있다. 뱃속에서 이상한 기류가 감지되고 있기 때문이다. 배가 부글거리며 요동치고 있다. 방귀를 한 번만 배출할 수 있다면 해결될 것 같은데, 그런 기본적인 욕구조차도 지금은 희망 사항일 뿐이다. 방귀를 뀌었다가는 당신의 운명은 예측이 어렵게 된다. 경우에 따라 오늘이 해고를 당하는 날이 될 수도 있다. 이전 기사들은 아주 사소한 이유로 해고를 당했다고 했다. 어떤 직원은 부회장 집 문 앞에서 대기하다가 잠깐 졸았다는 이유로 해고를 당했다. 그러나 그 경우는 그나마 운이 좋은 경우일 것이다. 조금만 걸어 나오면 택시라도 잡아탈 수 있기 때문이다. 어떤 사람은 고속도로 한가운데에, 인적이 드문 시골 길가에, 늦은 밤 아무도 없는 국도변에 폐기물처럼 버려졌다고 했다. 당신에게도 그런 순간이 가까이 다가오고 있는지도 모른다.

당신은 정신을 집중하기 위해 입을 앙다문다. 엑소의 <으르렁>은 여전히 흘러나온다. 부회장이 가장 좋아하는 노래다. 평사원으로 입사하여 회장의 사위가 되고, 현재 최고의 자리에 오르기까지 그가 얼마나 치열하게 살아왔을지 짐작이 된다. 결과적으로 이 남자는 권력을 얻었지만, 세상만사 모든 것은 쟁취해야 성공이라는 잘못된 생각을 덤으로 얻었음이 틀림없다. 흥이 나는 노래임에도 그는 노골적으로 즐거운 표정을 짓지는 않을 것이다. 그나저나 백미러를 일부러 제거한 차이기에 운전 중에 그의 표정을 확인하기는 어렵다.

한때 당신은 잘나가는 중견기업 대표였다. 운 좋은 당신은 승승장구했고, 날개를 얻은 당신은 세상에 무서울 것이 없었다. 하지만 이제는 하루하루 살아가는 일이 고통스러운 그저 그렇고 그런 사람이 되어버렸다. 이 지경이 되기까지 당신에게는 우여곡절도 많았다. 무리한 사업 확장으로 위기를 맞았고, 그 와중에 이혼까지 당하는 불행한 경험을 했으며, 그 누구도 불러주지 않는 실업자 신세로 전락하기도 했다.

그동안 당신은 열심히 구인광고를 챙겨 보았다. 그러다 D 회사의 운전기사 모집 광고를 보게 되었고, 마감 시간이 임박해서 부랴부랴 서류를 제출했다. D 회사는 다른 회사와 비교했을 때 급여가 많은 편이었고, 대기업이었기에 합격할 것이라고 크게 기대한 것은 아니었다.

레이싱 자격증이 있네요? 면접자가 물었다. 아, 네. 당신은 수줍게 말끝을 흐렸다. 취미가 레이싱이라서요, 당신은 이렇게 말하려다가 그만두었다. 서류심사에 합격한 이유를 당신은 그제야 어렴풋이 알 듯했다. 백미러를 접고 운전해 본 적 있소? 네? 상식 이하의 질문에 당신은 당황했다. 면접자는 예상했다는 듯이 다시 질문을 반복했다. 없, 없습니다. 황당한 당신은 말까지 더듬었다. 가도 좋소. 면접은 그것으로 끝이었다. 탈락이 확실했다. 나중에 들통이 나더라도 있다고 할 걸 그랬나. 당신은 그 회사 정문을 나오면서 후회했다.

그런데 인생에는 가끔은 돌발이 있다. 다음 날 합격되었다는 통보를 받은 것은 당신에게는 돌발이었다. 당신은 반신반의하면서 출근했다. 당신의 임무는 부회장의 차를 운전하는 것이라고 했다. 그러나 막상 합격이 되었음에도 당신의 업무가 바로 시작된 것은 아니었다. 게다가 이상한 건 운전 훈련소로 출근해야 한다는 점과, 당신 말고도 훈련받는 사람이 몇 명 더 있다는 점이었다. 서로에 대해 궁금한 점이 있지만, 대화는 금지였다. 또 한 가지 이상한 점은 계속해서 주행연습을 시키는데, 그것도 백미러를 제거한 차로 시킨다는 점이었다. 훈련은 군대 유격 체조 조교 같은 인상을 풍기는 사내가 담당했다. 당신은 이 회사가 유령회사는 아닌지 의심의 눈초리를 거두지 않으면서도 출근은 꼬박꼬박했다.

왠지 기만당하고 있다는 생각을 할 즈음 당신은 뜻밖의 고급 정보를 훈련소 화장실에서 접할 수 있었다. 이곳에 대해 얼마나 알고 오셨소? 옆에서 볼일 보던 남자가 당신에게 반말도 존댓말도 아닌 말투로 물었다. 고개를 돌려 보니 같이 운전 훈련을 받고 있던 남자였다. 한눈에 보기에도 당신보다는 어린 것 같았다. 잘 모르겠소. 당신이 이렇게 대답하자, 그 남자는 주변에 다른 사람이 없는지 두리번거리다가 나지막하게 말을 이었다. 현재 부회장 기사 자리가 공석이어서 우릴 뽑은 건 아니오. 그건 알고 있소? 당신이 모호한 표정을 짓자 그는 말을 이어 나갔다. 우리는 현재 기사가 해고당할 경우를 대비해 대기하는 것이오. 그런 점에서 우린 최종합격한 것도 아니라고 할 수 있겠지. 그러나 곧 기회가 올 거요. 많은 사람이 부회장의 등쌀에 한 달도 못 채우고 해고당하니 말이우. 그러다 보니 1년 내내 기사를 구하고, 하루가 멀다고 사람을 갈아치운다고 합디다. 여하튼 다음이 내 차례니 내가 없어지거든 부회장 차 운전하러 간 줄 아시우. 하긴 머잖아 선생도 기회를 잡을 거요.

당신에게 기회가 온 것은 그 사내로부터 정보를 얻은 지 2주가 지난 뒤였다. 광대뼈가 튀어나온 사내는 그의 말대로 부회장 운전기사로 채용되었는지 훈련소에는 나타나지 않았다. 그렇게 또 2주일이 지나가고 나자 유격조교 같은 사내가 일주일 후에 부회장의 차를 운전하게 될 것이라고 당신에게 귀띔했다. 그의 예고대로 당신은 비로소 부회장 차의 운전대를 잡을 수 있게 되었다. 운전교습소에서 훈련한 지 6주가 지난 뒤였다.

자동차가 잠깐 미세하게 흔들린다. 앞차가 급속하게 브레이크 밟는 바람에 또다시 위기의 순간이 온 것이다. 조인 괄약근이 풀리기 직전이다. 참다 보니 점점 더 집중력이 흐트러진다. 위기를 맞은 당신은 온 힘을 다해 괄약근에 힘을 주고 최대한 버티어 보고자 한다. 여하튼 목적지까지 가는 10분만 잘 견디자고 당신은 마음속으로 최면을 건다. 그러나 괄약근 조절에 실패한다면 당신은 해고를 당할 것이고, 당신의 불길한 예감처럼 바로 거리에 버려질 것이다.

부회장의 명령으로 음악마저 끄고 나니 당신은 더욱 절망을 느낀다. 엑소 노랫소리에 방귀 소리를 교묘하게 은닉할 수도 있다는 마지막 희망마저 사라진 것이다. 방귀를 참다 보니 가슴이 답답해져 호흡마저도 힘들어진다. 차라리 방귀를 작은 단위로 쪼개면 어떨까, 하고 당신은 고민해 본다. 그러나 그 냄새는 차 안 공간을 떠돌다가 강물처럼 모여 부회장의 코를 향해 흘러갈 것이고, 급기야 그의 코를 간질일 것이다.

당신이 이 딜레마에 대해 여러 상상을 하는 동안, 운명과도 같은 선택의 순간은 다가오고 있다. 그러나 엄밀히 말하자면 선택이라기보다는 자포자기에 가깝다. 이제 당신은 조이고 있던 괄약근을 팽창시킨다. 당신이 놓아

버린 방귀 소리는 당신의 귀에도 선명하게 들린다. 당신은 보일 듯 날아가는 그 소리를 들으면서 자위한다. 이건 생명체로서 어쩔 수 없는 생리현상이니 정상참작이 되어야 한다.

그런데 이상한 일이다. 당신의 가스가 다 방출되었음에도 소리는 계속해서 길게 이어진다. 마치 브레이크를 밟아도 빙판 위에서 계속 미끄러지는 자동차처럼 말이다. 이건 또 무슨 상황이지? 내가 방귀인가, 방귀가 나인가? 장자에 나오는 호접몽이 이런 상황인가? 이렇게 유추하면서 당신은 잠시 이 상황을 파악하기 위해 머리를 급히 회전시킨다.

창문 열어! 부회장이 고함친다. 이제나저제나 내려질 호통을 숨죽이고 기다렸던 당신은 정신이 번쩍 든다. 창문 열라니까. 부회장이 다시 소리친다. 당신은 서둘러 차창을 내린다. 백미러가 없으니 그의 표정을 살필 수도 없다. 그런데 분위기가 조금은 이상하다. 너무나 조용한 것이다. 이게 해고하기 전 폭풍전야인가? 당신이 먼저 죄송하다고 고해성사하기를 기다려 주는 마지막 자비인 건가?

당신은 사과하려다가 작금의 상황을 기억 속에서 복기해 본다. 방귀가 당신의 항문을 빠져나간 것은 팩트이다. 귀로 들은 소리 역시 팩트이다. 그런데 당신이 마지막 들었던 긴 방귀 소리는 환청인지도 모른다. 그게 아니라면 뭔가 착각한 것인지도 모른다. 냉정함을 되찾은 당신은 마지막 방귀는 당신의 것이 아닐 수도 있다고 결론을 내린다. 그렇다면?

당신은 피식 웃음을 흘린다. 그렇다. 당신은 뭔가 착각을 했다. 마지막 소리는 당신의 것이 아니라 부회장의 것이다. 일단 이렇게 생각하자 당신의 추리에 확신이 더해지고, 그 확신으로 인해 알 수 없는 자신감이 생긴다. 열린 차창을 통해 냄새가 풀어지는 동안 당신의 죄책감도 같이 희석되면서 당신은 당신의 추론에 조금씩 확신하게 된다.

한참 동안 말이 없던 부회장이 이번에는 다시 창문을 닫으라고 소리친다. 그러나 당신은 방심했다. 위기를 잘 모면했다고 당신이 속으로 쾌재를 부르는 동안, 창문을 닫았음에도 이미 들어온 찬 기운으로 조금은 한기를 느끼는 동안, 오늘은 운이 따른다고 입술 끝에 회심의 미소가 피어날 즈음 당신의 항문에서 두 번째 방귀가 기세도 당당하게 터져 나온 것이다. 잠깐 긴장을 늦춘 순간에 사건이 터지고 만 것이다. 당신의 사업 역시 그랬다. 몇 번의 사업 확장이 성공하자 당신은 자만했고, 방심했다. 그렇게 무리하게 사업을 키우다가 뜻밖에 당신은 복병을 만났던 것이다. 이제는 부회장의 처분을 다시 기다려야 한다. 행운이 두 번 반복된다는 보장은 없는 것이다.

세워. 부회장이 조금은 힘이 들어간 목소리로 소리친다. 네? 귀가 포경(包莖)이야, 왜 이리 말귀를 못 알아들어. 길옆에 차 붙이란 말이야. 백미러가 없어서 표정을 볼 수는 없으나 이번에는 행운과는 거리가 멀다는 것을 당신은 직감으로 느낀다. 그냥 넘어가지 않을 기세이다.

어떤 벌이 내려질까 상상하며 당신은 공포에 사로잡힌다. 비록 몸은 당신의 것이지만, 떨고 있는 당신의 몸은 통제가 어려운 상황이다. 그 이유를 당신은 알고 있다. 이게 말로만 듣던 마지막 근무가 되기 때문이다. 길거리에서 해고당한다는 것이 어떤 것인지 그동안 소문으로만 들었는데 이제 당신의 순번이 된 것이다.

차에서 내린 당신은 고대 검투사처럼 버티고 서 있는 부회장을 응시한다. 무릎 꿇어. 부회장의 명령에 당신은 순순히 길바닥 위에 무릎을 꿇은 채 그의 명령을 기다린다. 당신을 내려다보는 부회장의 두 눈에서 불꽃이 튄다. 그의 얼굴을 바라보면서 당신은 몇 년 전 스페인에 여행갔을 때로 되돌아간 느낌이 든다. 열광하는 관중들도, 결투를 앞둔 비장한 표정의 투우사도, 겁을 먹은 소도 모두 손에 잡힐 듯이 가까이 느껴진다. 투우장의 소가 어떻게 죽는지 아세요? 그때 가이드는 이렇게 설명했다. 투우장에 들어선 소는 단박에 죽지 않고 크게 3번의 공격을 당하면서 서서히 죽게 됩니다. 첫 번째는 말을 탄 기사에게 당합니다. 그는 긴 창으로 소의 목덜미를 몇 차례 깊이 찌릅니다. 두 번째는 3명의 조수가 나와서 민첩한 동작으로 2개의 짧은 창을 소의 등에 내리꽂습니다. 그러면 소는 급격하게 공포를 느낍니다. 이때가 되면 경기장의 군중들은 흥분하여 우레와 같은 함성을 지르게 되고, 소는 죽을 힘을 다해 투우사에게 돌진하기 전 마지막으로 숨을 고르게 됩니다. 세 번째는 메인 투우사의 칼에 의해 지친 소는 최후의 일격을 당하게 되는 겁니다. 그때를 생각하는 당신의 눈에는 부회장이 보이지 않는 붉은 천 뒤에 칼을 쥐고 당신에게 일격을 가하기 위해 마지막 기회를 엿보고 있는 투우사처럼 보인다.

마스크 벗어. 마스크를 벗으면서도 당신은 계속해서 속으로 웅얼거린다. 이제 당신의 심장을 향해 다가올 칼의 날카로움을 예상하면서 당신은 몸을 부르르 떤다. 그렇게 얼마나 지났을까. 해고의 순간을 장엄하게 기다리고 있는 당신의 얼굴 앞으로 갑자기 커다란 궁둥이가 불쑥 나타난다. 당신은 순간적으로 움찔한다. 그러나 그와 동시에 요란한 소리가 당신의 귀에 전달되면서 고막을 진동한다. 놀란 당신은 처음에는 무슨 상황인지 분별하지 못한다. 그러나 조금 지나자 냄새가 낯설지 않다는 생각이 든다. 몇 분 전에 차에서 맡았던 그 냄새다. 부회장의 것으로 확신했던 바로 그 구린 방귀 냄새이다. 오늘은 이쯤 해두는데 앞으로 또 그러면 그때는 국물도 없어. 부회장은 이 말을 남기고 차를 향해 당당하게 걸어간다. 부회장의 방귀 냄새를 흡입하는 것으로 벌칙은 끝날 모양이다. 당신은 길게 안도의 숨을 내쉰다.

그런데 조아린 무릎을 매만지면서 일어서려는 순간, 당신은 당신을 쳐다보고 있는 한 사람과 시선이 마주친다. 이혼 후 아내가 양육하고 있는 당신의 아들이다. 순간, 당신 얼굴은 수치심에 달아오른다. 그 많은 사람 중 하필이면 당신의 아들이 목격자가 된 것에 대해 당신은 비교할 수 없는 비참함을 느낀다. 그러나 더는 그런 감정에 빠져 있을 여유가 없다.

몇 번의 신호등을 통과한 후 자동차가 회사에 도착하기까지 당신은 혼란스럽기만 하다. 운이 좋다고 해야 할지, 심한 모욕을 당했다고 해야 할지 판단이 서지 않는다. 차가 정지하자마자 부회장은 황급히 엘리베이터로 향한다. 당신은 부회장의 모습이 완전히 시야에서 사라지자 천둥소리를 내며 쏟아지는 방귀를 동시에 배출한다. 비록 부회장에게 모욕을 당했고, 아들에게 그런 굴욕적인 모습을 들켰지만, 그래도 해고를 당하지는 않았으니 오늘은 운수가 좋은 날인 것이다.

다시 당신의 배가 부글거린다. 당신은 업무규정을 들고 화장실로 향한다. 배에 힘을 주면서 당신은 규정을 읽어 나간다. 이제는 외울 지경이지만 아직도 낯선 조항들이 많다. 업무규정 10조 1항. 운전기사는 부회장을 해치거나 부회장에게 해를 끼쳐서는 안 된다. 2항. 운전기사는 부회장이 내린 명령이 1항의 원칙에 어긋나지 않는 한 복종해야 한다. 3항. 1항과 2항의 원칙을 위배하지 않는 한 운전기사는 자기 자신을 지킬 수 있다. 당신은 이 규정을 어디선가 보았다는 생각이 든다. 그리고 얼마의 시간 후에 아이작 아시모프가 제안한 로봇의 원칙이었다는 답을 찾는다. 여하튼 이런 원칙이 세상에 소개된 지 50년이 넘었지만, 세상은 실상 그다지 바뀐 것은 없다는 생각에 당신은 길게 한숨을 내쉰다.

그러나 당신은 이내 고개를 젓는다. 부회장의 비위를 잘 맞출 수만 있다면 지금의 직업도 그런대로 괜찮다는 생각이 든다. 당신은 그동안 그의 비위를 맞추려고 무던히도 노력했다. 부회장은 당신보다 5년 연하이다. 항상 그의 얼굴에는 먹구름이 떠 있다. 그동안 당신은 그의 웃는 표정을 거의 본 기억이 없다. 무엇보다도 참기 어려운 것은 그의 변덕이었다. 표정이 없다가 갑자기 화를 내고 욕을 하고 폭력을 행사했다. 폭언과 폭행을 잘 참아내면 배려나 감사가 있을 것이라고 규정에는 있지만, 현실에서 그런 일은 일어나지 않았다.

그동안 당신의 일상은 단조로웠다. 아침에 일어나면 7시까지 부회장의 집으로 달려갔다. 그의 집 근처에 옥탑방을 얻은 것도 지각하지 않기 위해서였다. 부자 동네에 싼 집을 얻다 보니 천정이 낮아서 허리를 펴는 것은 불가능했다. 집에 들어오면 마치 꼽추처럼 허리를 펴지 못하고 지내야만 했다. 부회장 집에 도착하는 시간부터 퇴근하는 시간까지 할 일은 거의 정해져 있었다. 거의 로봇과도 같았다. 당신의 와이셔츠는 항상 청결해야만 했다. 그러므로 저녁에는 꼭 세탁소를 들러야 했다. 그 가맹점 세탁소의 주인은 예전에 당신이 사장이었던 시절에 당신의 비서로 일했던 김 비서였다. 가맹점 세탁소는 세탁물을 배달해 주지 않는 것이 원칙이었다. 그런데도 김 비서는 당신의 세탁물을 특별히 배달해 주었다. 사실 세탁물을 맡기고 찾는 것이 쉬운 일은 아니었다. 그런 점에서 그의 호의가 고맙기도 하지만 한편으로는 부담스럽기도 했다. 어제는 세탁물에 봉투가 하나 더 붙어 있었다. 뜯어보니 연극 표였다. 예전에 사장님께서 연극을 좋아하셨던 기억이 나서 연극 표를 하나 넣어 봅니다. 앞을 향하여 한눈팔지 않고 달리는 것도 필요하지만, 가끔은 전진을 위해 일보 후퇴도 필요합니다. 티켓과 함께 들어 있던 편지에는 이렇게 쓰여 있었다. 그의 과분한 친절에 당신은 불편한 마음도 들었다.

부회장을 집에 내려주고, 차고에 차를 입고하는 것으로 당신의 힘들었던 하루도 끝이 난다. 출근 시간이나 차량 대기 지연으로 인해 받은 벌점이 없었다는 사실에 당신은 안도의 한숨을 내쉰다. 누적된 벌점이 50점이면 짐을 싸야 하겠지만, 아직 누적된 벌점은 40점에 불과하다. 그래서 오늘은 운이 좋은 날인 것이다.

당신은 집에 들어가기에 앞서 단골 식당으로 향한다. 따뜻한 저녁이야말로 열심히 일한 당신 자신에게 줄 수 있는 가장 큰 선물이다. 식당은 그런대로 사람들로 북적거린다. 당신은 텔레비전 앞자리에 자리를 잡는다. TV에서는 당신에게 월급을 주고 있는 회사의 광고가 한창이다. 가족과 같은 회사. 그들은 그렇게 떠들고 있지만, 당신만은 그 가족의 구성원이 아닐지도 모른다.

이 식당은 다른 식당에 비해 음식값이 저렴하다. 다른 식당이 다 값을 올렸음에도 이 집은 몇 년째 백반값으로 3,000원을 고수하고 있다. 다른 곳에서 먹는 것보다는 몇천 원이 절약된다. 이렇게 궁상을 떨 때마다 당신의 뇌리에 떠오르는 사람이 있다. 바로 박 이사다. 그를 조금만 덜 믿었더라도 이렇게까지 비참하지는 않았을 것이라고 당신은 생각한다. 회사가 부도났을 때 그래도 희망을 버리지 않았던 것은 숨겨둔 20억이라는 비자금이 있었기 때문이었다. 그런데 박 이사가 그 비자금을 가지고 하루아침에 잠적할 줄 당신은 한 번도 생각해 본 적이 없었다. 마지막으로 은행에 가서 잔고가 없다는 것을 알았을 때 당신은 자살이라도 하고 싶은 마음이 들었다. 그는 돈을 찾아서 중국으로 도피했을 것이다. 김 비서도 그를 조심하라고 여러 번 조언했으나 당신은 무시했다. 그의 조언을 한 번만 진지하게 받아들였다면 지금은 달라졌을지도 모른다. 물론 다 지나간 일이지만 말이다.

자리를 잡고 당신은 국밥을 시킨다. 오 분도 되지 않아 음식이 나온다. 국물을 떠서 삼키는 순간, 속이 녹으면서 몸이 나른해진다. 다시 한 숟가락을 뜨려는데 뭔가 낯선 것이 눈에 들어온다. 나비 애벌레다. 당신은 벌레를 숟가락으로 건져서 빈 접시에 덜어 놓는다. 너도 나름대로 꿈이 있었을 텐데, 나비로 자라지 못한, 냉동 채소에서 마지막을 맞이한, 털이 보송보송한 애벌레를 보며 당신은 연민의 정을 느낀다. 이럴 때 예전 같았으면 당신은 당장 주인을 불렀을 것이다. 그러나 지금은 그럴 생각이 추호도 없다. 당신은 측은한 마음으로 건진 애벌레를 한참 동안 쳐다본다.

정말 죄송합니다. 주인이 급히 당신에게 다가와서 고개를 조아린다. 어쩌면 주인은 당신의 행동을 유심히 지켜보고 있었던 모양이다. 오늘 식사비는 받지 않겠습니다. 따뜻한 것으로 다시 내오겠습니다. 그 말을 듣고 있는 당신에게 생각지도 않은 일이 벌어진다. 주책스럽게도 눈앞이 침침해지면서 갑자기 목이 멘 것이다. 최근 누군가로부터 따뜻한 말을 들어본 지 오래여서 그런 모양이었다.

눈물을 감추려고 무심코 시선을 돌리던 당신은 창밖에 있는 사람과 눈이 마주친다. 교복을 입은 앳된 얼굴이다. 중학생이나 잘해야 고등학생 정도로 보인다. 당신과 눈이 마주친 녀석의 얼굴이 찌푸려진다. 녀석은 가래침을 거칠게 뱉는 것 같더니 이어서 담배를 피워 댄다. 너무 어리다는 생각에 안 보려고 해도 자꾸만 눈길이 간다.

그러다 보니 녀석과 다시 눈이 마주친다. 외면을 했지만 녀석이 당신을 뚫어져라 쳐다보고 있는 것만 같아서 당신은 조금 불안해진다. 귓가에 녀석의 숨소리가 가까워지는 느낌이다. 쳐다봤다는 이유로 시비를 거는 경우도 종종 있기에 마음이 조금 초조해진다.

그런데 얼굴이 어디서 본 얼굴이다. 어디서 봤더라. 당신은 그가 당신의 아들 친구였다는 것을 떠올린다. 언젠가 둘이서 걸어가는 것을 본 적이 있었다는 기억이 난다. 그가 친구라면 아마도 아들이 저 무리에 섞여 있을지도 모른다. 그러나 당신은 이내 고개를 젓는다. 나와는 상관없는 일이야. 아들의 얼굴이 떠올랐지만, 당신은 애써 외면하고 만다.

그 순간, 언제 나갔는지 국밥집 남자 사장이 녀석들과 가벼운 실랑이를 하는 모습이 보인다. 그 모습을 보던 여자 사장이 다급하게 전화를 건다. 두 사람의 실랑이는 한참 동안 이어진다. 마침내 경찰이 도착한다. 경찰이 중재하는 것 같고, 녀석은 잠시 까딱하니 고개를 숙이더니 사라지는 것 같았다. 녀석의 사과하는 태도가 그다지 공손하지는 않았으나 빨리 해결되어 다행이라고 당신은 생각한다. 무슨 일 있습니까? 가게로 들어온 사장에게 당신은 묻는다. 담배 피우고 담에 마구 오줌 싸고 그래서 점잖게 타일렀습니다. 쟤들은 아직 촉법소년이어서. 건들면 안 돼요. 법이 보호해 준다는 걸 알고 있어서 무서울 게 없는 애들이랍니다. 이 사회가 어찌 되려는지, 쯧쯧. 남자 사장이 혀를 차는 소리가 길게 이어진다.

저녁을 먹고 잠깐 조는 도중에 당신의 휴대전화가 울었다. 아내였다. 아들이 요즘 자꾸만 엇나간다고 한탄을 늘어놓는다. 자꾸만 나쁜 아이들과 어울리는 것 같다면서 말을 잇지 못한다. 당신은 이를 악물고 참아보려 하지만 자꾸만 눈시울이 뜨거워진다. 아내와 결혼을 한 것은 어디까지나 정략적인 부분이 있었다. 사업 초기, 처가의 도움이 없었다면 회사 키우는 것은 꿈도 꾸지 못했을 것이다. 그러나 아내로서 그녀는 거의 낙제점이었다. 할 줄 아는 것은 거의 없었다. 모든 것을 돈으로 해결했다. 요리사를 사고, 가정 도우미를 사고, 집 안을 관리하는 알 수 없는 많은 사람이 들락거렸다. 당신이 잘나갈 때는 그 정도 많은 돈이 지출되더라도 그다지 문제가 되지 않았다. 그러나 회사 사정이 어려워지면서 그녀의 낭비벽은 방종할 수준을 넘고 말았다. 이혼이 아니더라도 손을 봐야만 했었다고 당신은 자조처럼 생각한다.

그때 부회장의 문자가 도착한다. 내일은 평소보다 30분 일찍 차를 대기시키라는 문자이다. 당신은 정성스럽게 대답을 전송한다. 운전 말고도 당신이 신경 써야 할 일은 무척 많았다. 부회장을 위해 차량에 아이스박스와 온장고를 잘 활용해서 음식물, 음료수 등을 보관했다가 줘야 한다. 마스크도 여벌로 여러 개 준비하고 있어야 한다. 게다가 물건들은 시간에 맞춰서 내놨다가 다시 원위치 시켜야 한다. 휴대전화를 충전하는 것도 당신이 해야 할 일 중 하나이다. 이런 일을 능숙하게 하지 못하다면 당신은 주먹으로 머리를 맞거나 반성문을 써야 한다.

얼마 전, 당신은 휴대전화 때문에 반성문을 썼다. 반성문. 하늘 같으신 부회장님의 휴대전화관리를 잘하지 못하여 부회장님께 심려를 끼쳐 드린 점을 통렬하게 반성합니다. 휴대전화 충전은 저의 본분임에도 불구하고 이를 소홀히 하였습니다. 게다가 부회장님의 불편하신 심기를 알아차리지 못하고 자꾸만 핑계를 대어 부회장님을 더욱 화나게 하였습니다. 이 모든 일에 대해 눈물로 반성하며, 앞으로 다시는 이런 일로 반성문을 쓰지 않도록 명심 또 명심하도록 하겠습니다. 반성문을 썼던 날, 당신은 밤새 잠을 이루지 못했다. 가슴 깊은 곳에서 자꾸만 올라오는 알 수 없는 감정에 어떤 이름표를 붙이기는 어려웠다. 분노의 감정은 아니었다. 그렇다고 슬픔도 아니었고, 자포자기의 감정은 더더욱 아니었다. 조금은 낯설고, 조금은 외로운 그 무엇이었다.

다음 날도 당신은 단골 식당에서 저녁을 먹는다. 식사를 마치고 자리에서 일어나려는 순간, 당신은 몸을 움츠린다. 어제 본 창밖에서 담배 피웠던 젊은 녀석이 식당 안에 들이닥쳤기 때문이다. 이번에는 혼자가 아니다. 5명이다. 한 발 두 발 당신을 향해 다가오는 녀석들과의 간격이 좁혀지자, 당신은 숨이 멎을 것만 같다. 그들을 먼저 발견한 것은 여자 사장이다. 여자 사장이 나서자 녀석은 여자 사장의 어깨를 가볍게 밀치면서 무시해버린다. 녀석은 남자 사장 나오라고 고함을 쳐 댄다. 눈치로 보아하니 어제 남자 사장에게 사과한 것이 못내 억울해서 떼거리로 보복을 하려고 온 모양 같다. 여자 사장이 다시 그들을 막아선다. 그러자 녀석은 그녀를 향해 거침없이 쌍욕을 해대기 시작한다. 만일 남자 사장이 나오지 않으면 가게를 다 뒤집어 엎어 놓고 가겠다는 기세다.

분위기가 심상치 않음을 감지한 손님들은 슬슬 눈치를 보면서 식당을 빠져나간다. 그러다 보니 정작 손님 중에서 남은 사람은 당신뿐이다. 그때 당신의 오지랖이 발동한다. 당신은 구경꾼에서 자발적인 관찰자로 신분을 바꾼다. 여자 사장이 엄지와 새끼손가락을 치켜세워 볼에 대고 전화하는 제스처를 취한다. 경찰에 신고해 달라는 것이다. 부지불식간에 새 사명을 부여받은 당신은 최소한의 연대감을 느끼며 경찰에 전화를 건다. 이제 당신은 관찰자에서 신고자로 신분이 바뀐다. 그때 남자 사장이 주방에서 나오다 말고 그들을 보며 멈칫한다. 여자 사장은 고개를 돌려 남자 사장을 발견하자 다시 들어가라는 신호를 보낸다. 일이 커질지도 모르니 나오지 말라고 애타게 손짓을 보낸 것이다.

그런데 그 순간, 다시 녀석들과 같은 일행으로 보이는 한 명이 식당 안으로 들어오다가 당신과 눈이 마주친다. 한눈에 보기에도 당신의 아들이다. 녀석은 당신과 눈이 마주치자 멈칫한다. 당신은 잠시 멍한 눈으로 당신의 아들을 바라본다. 아내가 당신의 아들이 요즘 나쁜 아이들과 어울린다고 했던 말이 떠올라 당신은 말문이 막힌다. 그러는 사이 당신의 아들은 슬금슬금 뒷걸음치더니 가게를 서둘러 빠져나간다. 그때 뒤에서 그릇 깨지는 소리가 당신의 정신을 일깨운다. 뒤돌아보니 녀석이 당신을 보며 씩 웃더니 이내 눈을 부라린다. 그렇게 경고하는 눈빛을 보며 녀석들의 야성이 서서히 깨어나고 있음을 당신은 느낀다. 당신은 숨을 고른다. 그 순간 스페인 가이드가 했던 말들이 당신의 뇌리에 되살아난다. 죽기 바로 직전 투우장의 소는 투우사와 최종 일전을 앞두고 마지막으로 힘을 모읍니다. 경기장 안 자신만의 장소에서 말이죠. 그게 케렌시아입니다. 거기 서면 마치 뒤에 벽이라도 있는 것처럼 급격하게 안정감을 되찾는답니다. 가이드의 말을 떠올리면서 당신은 당신에게 벽이 필요하다는 생각이 든다. 아니 차라리 녀석들이 당신의 급소에 일격을 가해 주면 좋겠다는 생각도 든다. 그럼 투우장의 소처럼 편해질지도 모를 일이다. 그런데 녀석들의 거친 숨소리가 당신을 미치게 하려는 순간, 당신의 감정의 칼이 날카로워지려는 순간, 여자 사장이 비명을 지르는가 싶더니 픽 하고 쓰러진다. 몸싸움을 벌이던 녀석이 여자 사장을 마침내 밀어버린 것이다.

그 후 녀석들은 더욱 사나워지기 시작한다. 고삐 풀린 미친 소처럼, 무법자들처럼 더욱 날뛴다. 그들은 의자를 툭툭 걷어찼고, 가게 안에 있던 그릇들을 손에 잡히는 대로 모조리 바닥을 향해 내던지기 시작한다. 남자 주인이 말려 보지만 그들의 상대가 되지 못한다, 그는 전혀 힘을 쓰지 못하고 짚으로 만든 인형처럼 흔들거릴 뿐이다. 삽시간에 음식점은 지옥 같은 광란의 현장이 되고 만다. 지옥 같은 시간은 경찰이 도착하고서야 간신히 수습된다.

경찰서를 나온 당신은 이제 집으로 갈 일만 남았다고 생각한다. 사건 조사를 받느라 몸과 마음도 지친 상태가 돼버렸다. 절대 합의란 없습니다. 절대로, 법이 그렇다고 할지라도 끝까지 싸울 겁니다. 단호했던 남자 사장의 말이 떠오른다. 이건 쌍방이고, 고소해도 되지만 서로 원만하게 합의했으면 한다고 조언한 경찰의 얼굴도 생각난다. 그 말에 남자 사장의 입술에 번진 차가운 경멸과 분노도 떠오른다. 그렇게 여러 가지 일이 있었고, 여전히 피곤한 하루였다는 생각이 든다. 어쩌면 당신의 허기를 달래주던 국밥집이 당장 문을 닫을지도 모른다는 염려감도 든다. 그럼 당신의 벽이 되어준 곳이 또 하나 사라지고 마는 것이다.

걸으면서 당신은 오늘따라 집에 들어가기가 싫다는

생각을 한다. 예전 같으면 자리에 누우면서 당신은 집만 한 곳이 없다고 생각했다. 오즈의 마법사에 나오는 도로시처럼 말이다. 하지만 문득 끊었던 담배처럼 끊었던 골프가 생각난다. 잘나가던 때에 당신은 골프를 쳤고, 아내는 쇼핑이 취미가 되어 갔다. 두 사람을 만족하게 했던 것은 해외여행이었다. 돈은 원하는 만큼 벌 수 있었기 때문에 각자의 취미 생활을 간섭할 이유가 없었다. 아내는 모피 가죽 코트를 여러 벌 사들였다. 매달 날아오는 카드 값에 당신은 충격을 받았지만, 아내에게 내놓고 불만을 표시한 적은 없었다. 맛있는 음식을 먹기 위해 제주도로 당일 여행을 떠나기도 했다. 나중에는 홍콩에서 근사한 한 끼를 먹기 위해 출국을 하기도 했다. 이 역시 기억이 희미한 때에 있었던 일이다.

어디로 갈까? 당신은 잠시 주저한다. 최근에 와서 목적지는 부회장이 지시하는 대로만 움직였기 때문에 스스로 목적지를 정하는 것이 왠지 낯설다. 예전에는 간판이 현란했던 곳이지만, 지금은 문 닫은 가게가 많아져서 그에 비해 소박한 느낌이다. 사실 당신에게 내일은 미지의 시간이다. 모든 것은 부회장의 결정에 달렸으며, 그가 순간순간마다 어떤 결정을 내릴지 예측은 불가하기 때문이다. 사소한 것 하나로 인해 출근 날이 퇴직일이 될 수도 있다. 게다가 당신의 의지 또한 알 수 없는 것이다.

철저하게 혼자가 되는 법을 익혀야 한다고 당신은 다짐하면서 무작정 걷는다. 그렇게 걷다가 당신은 바지 주머니에서 뭔가가 만져지는 것을 느낀다. 발걸음을 멈춘 당신은 주머니에 손을 집어넣는다. 바로 연극표다. 세탁소를 하는 김 비서가 준 것이다. 어제까지만 해도 그냥 버리려 했는데 막상 버리려고 하니 왠지 아깝다는 생각도 든다. 마침 그 표에 소개된 소극장은 오 분이면 갈 수 있는 가까운 거리이다. 문득 당신은 오늘 밤은 오랜만에 문화생활이라는 호사를 누리고 싶다는 생각을 한다.

당신은 마음을 정하고 소극장을 향해 걸어간다. 얼마 가지 않아 작은 빌딩들 사이로 목표로 했던 소극장이 눈에 띈다. 입구에는 코로나 환경으로 경영이 어려워 이번 주까지만 공연하고 더는 하지 않는다는 문구가 눈에 들어온다. 공연 시간이 다 되었음을 확인한 당신은 서둘러 입장한다.

객석에는 당신 말고는 아무도 없다. 공연이 시작되기를 기다리는 동안 당신은 불안해진다. 과연 당신 한 사람을 위해서도 연극은 공연될 것인지? 그러나 그건 기우였다. 시간이 되자 배우는 객석에 있는 당신 한 명을 위해서 기꺼이 공연을 시작한다. 아니 당신이 없어도 정시에 출발하는 열차처럼 공연은 시작되었을지도 모른다. 당신은 연극 여주인공에 집중한다. 당신의 몸에 달려 있던 수축한 근육들이 서서히 이완되기 시작한다. 당신은 아득해지고 또한 아뜩해진다. 지금 이 순간은 연기자가 아닌 관객이라는 점에서 모처럼 편안해진다. 그동안 부회장 앞에서 배우처럼 연기하면서 살아왔기에 더욱 그렇다.

이제 배우와 관객이 어울리는 시간이다. 연어 복장을 한 여주인공이 무대를 내려와 당신을 향해 걸어온다. 아니 당신을 향해 유영한다. 여배우는 당신 바로 앞 의자에 앉는다. 당신은 여배우를 바라본다. 당신 앞에 앉은 여자의 눈을 보면서 당신은 바다를 떠올리고, 알을 낳기 위해 강으로 역류하는 연어를 생각한다. 그리고 당신은 그녀에게 울면서 매달리고 싶어진다. 당신이 가야 할 목적지가 표시된 지도를 제발 달라고 소리치면서 말이다.

당신을 바라보던 여주인공이 당신의 손을 잡아끈다. 당신은 머뭇거리다가 마지못해 그녀를 따라 나간다. 무대 위에 올라선 당신을 위해 여배우는 모자를 보여준다. 연어 모양을 흉내 낸 모자가 당신 눈앞에서 당신의 손길을 기다리고 있다. 여배우가 모자를 쓰라는 제스처를 취한다. 당신은 여전히 멍한 눈으로 그녀를 바라본다. 여자는 당신이 모자 쓰기를 재촉한다.

당신은 망설이다가 마지못해 연어 모자를 집어 든다. 모자를 착용하자 당신은 깊은 바다에 들어온 듯한 야릇함을 느낀다. 연어 복장을 한 여주인공이 당신을 향해 자기를 따라오라고 손짓한다. 당신은 그녀의 눈치를 살피면서 머뭇거리다가 뒤를 따른다. 이제 당신을 방해할 사람은 아무도 없다.

하지만 당신의 유영은 이내 막히고 만다. 그 결정적인 순간에 전화벨이 울린 것이다. 확인해 보지는 않았지만, 발신자는 부회장일 거라고 당신은 확신한다. 아마 어디선가 술을 마시다가 당신을 호출했을 확률이 높다. 이제 당신은 바로 업무규정 10조 1항을 실행에 옮겨야 한다. 운전기사는 부회장을 해치거나 부회장에게 해를 끼쳐서는 안 된다. 만일 당신이 그의 호출에 10초가 지나도록 답변하지 않는다면 당신은 부회장에게 해를 끼치는 것이다. 부회장이 내린 명령이 1항에 어긋나지 않는 한 복종해야 함에도 당신은 복종하지 않았기 때문에 지금 당신은 나쁜 일을 하는 것이다. 물론 당신은 10조 3항에 따라 당신 자신을 지킬 수 있기는 하다. 그러나 이 또한 10조 1항과 2항의 원칙을 위배하지 않는 범위 내에서만 허용되기 때문에 당신은 스스로 위험한 일을 자초하고 있는 것이다. 6, 7, 8, 9, 10 ……. 벨 소리가 울린 지 이미 10초가 넘어섰다. 그런데도 당신의 머릿속은 이 모든 것이 아득하게만 느껴진다. 여배우가 멈춰 선 당신을 바라본다. 다시 침묵이 이어진다. 그 침묵은 당신의 머릿속에서 언어가 되지 못한 것들과 엉킨다. 날이 선 투우사의 칼들과 케렌시아와 상실한 것들과 …… 그러나 그 엉킨 것들은 그리 오래 머물지는 못한다. 침묵이 계속 이어진다.

2장

흐르는 소리

흐르는 소리 웅진문학상 수상작

1

동진이 여러 권번(券番)을 떠도는 사이 백성들은 해방을 맞이했다. 그러나 해방 후에도 동진은 소리선생으로 여러 권번을 떠돌면서 절제되지 못한 생활을 했다. 그렇게 생각 없이 살아가던 어느 날, 급기야 동진은 자신의 목소리가 망가져버렸다는 것을 깨닫게 된다. 그제야 이렇게 부평초처럼 살아간다면 소리꾼으로서 평생 아무것도 이룰 수 없다는 현실적인 자각이 들었다.

그는 잃어버린 목소리를 찾아볼 결심으로 무작정 고향으로 돌아왔다. 이제야말로 더 이상 미루지 않고 소리 공부에 들어가야 할 때라는 것을 마음속으로 절실하게 느꼈기 때문이었다. 그렇게 고향으로 돌아와 며칠을 지내면서 사념에 잠기던 동진은 어느 날 아버지 앞에 무릎을 꿇고 진지하게 입을 열었다.

"그간 쭈욱 생각해 보았는디유, 조만간 백일 공부에 들어갈까 허구먼요."

"백일(百日) 공부?"

아비는 뭔가 잘못 들은 것은 아닌가 하여 되물었다. 백일 공부의 의미를 누구보다 잘 알고 있기 때문에 그러했다. 아비의 반응이 시큰둥하다는 것을 눈치 챘는지 동진은 백일 공부 말고는 망가진 목소리를 회복할 방법이 없다고 호소했다. 아비는 동진의 설명을 들으면서 그 절박한 심정을 이해할 수 있었지만, 이런 날씨에 백일 공부가 가능할지 의문이 생겼다. 아비의 걱정에는 그만한 이유가 있었는데, 그건 그해 겨울에 유난히 한파가 기승을 부렸기에 그랬다. 그러나 아비로서도 더는 말릴 수가 없을 것 같았다. 동진의 눈이 비장감마저 번득이는 것으로 보아 아비가 말린다고 뜻을 굽힐 것 같지 않았기 때문이었다. 한참동안 생각에 잠기던 아비는 무겁게 입을 열었다.

"그려. 니 생각이 정 그러하다면 누가 말리것냐?"

아비는 고개까지 끄덕이며 동진에게 힘을 실어 주듯 말했다.

동진은 백일 공부할 장소를 물색해보았다. 최종적으로 택한 곳은 집 근처에 있는 버려진 사찰이었다. 사찰 주변이 적막하여 방해받지 않고 소리 공부에 전념할 수 있을 것 같았기에 그렇게 정했다. 그곳에 토굴을 파고 움막을 만든다면 소리 공부가 그럭저럭 가능할 것 같았다.

쇠뿔도 단김에 빼랬다고, 다음날 동진은 간단한 연장을 챙겨가지고 뒷산 절간으로 올라갔다. 한나절 열심히 움직이다보니 그럭저럭 사람 하나 누울만한 엉성한 움막 하나를 만들 수 있었다. 다시 마을로 내려온 동진은 곧바로 간단한 식량과 살림살이를 꾸린 다음 망설임 없이 움막으로 향했다.

"백일을 채우지 못한다면 다시는 내려오지 않으리라."

움막 앞에 도착한 동진은 그렇게 다짐하며 입술을 지그시 깨물었다.

동진이 이렇게 마음이 급해진 것은 근래에 악몽을 자주 꾸었기 때문이었다. 꿈속에서 누군가 그에게 뭔가를 계속해서 독촉하는 것이었는데, 어제도 동진은 그런 악몽에 시달렸다. 그런 꿈을 꾸고 나면 매우 불안하고 초조해졌다.

큰 결심을 가지고 시작한 백일 공부는 잠시 눈을 붙이는 시간을 제외한다면 거의 대부분의 시간동안 공부에 매달렸다. 밤이고 낮이고 움막에 들어앉아서, 북채로 주뻬채[1] 를 온 힘을 다해 북 대신 두드리면서, 먹고 자는 때 말고는 종일 소리 공부에만 몰두했다. 그래도 날짜는 알아야 할 것 같아서 동진은 처마에 나뭇가지를 매달아 지낸 날들을 표시했다. 춘향가를 필두로 수궁가에 이르기까지 판소리 다섯 마당을 한번 돌고 나니 움막 처마 밑에 매달린 나뭇가지가 열 개로 불어났다.

그간 동진이 소리 공부를 부지런히 하는 동안 여러 가지가 공부를 방해했다. 우선 방해하는 것이 가슴을 벨 것 같은 한기였다. 동진이 움막에서 지내는 동안 바람은 연약해진 나뭇가지에 매달려 한드랑거리는 몇 개 남은 나뭇잎을 훑고 지나가면서 위세를 과시했고, 다시 강한 바람이 되어서 되돌아오기도 했다. 맹렬한 바람을 보다보면 동진의 몸과 마음은 동시에 움츠러들었다. 산야를 점령한 혹한은 세상을 더욱 참혹하게 했으며, 서산에 저무는 해는 화려하게 피었다가 부질없이 저물어가는 국악(國樂)의 시대를 느끼게 했다.

또한 동진을 견디기 어렵게 만든 것은 가슴을 쥐어짜는 외로움이었다. 어쩌다 마을에 오가는 사람들이 눈에

---

1 북역할을 하는 굵은 나무토막

뜰 때면 더욱 외로움이 사무쳤다. 그렇게 그리움이 커지면 창을 잘해보겠다는 애초의 생각도 허물어졌다. 햇빛이 비치면 안개가 사라지듯이 재물도 부귀영화도 모두 사라져 갈 것이다. 그리고 마지막에는 이 매정하고 망망한 산야(山野)만이 홀로 남을 것이다. 아침나절 잠깐 머물렀다가 사라지는 안개처럼 자신도 별로 내세울 것이 없는 존재라는 생각이 들었다.

그날 바람 쐬러 잠깐 움막에서 나온 동진은 눈을 가늘게 뜨고 눈앞에 앙상한 나무를 바라보았다. 가지에는 잎사귀 몇 개가 매달려 바람에 날리고 있었다. 몇 달 전까지만 해도 가지가 휘도록 열매를 매달았는데 이제는 다 떨어내고 앙상하게 남은 상태였다. 그 나무를 보니 그에게 창을 가르쳐준 사부들의 모습을 보는 듯했다. 생전에는 치열하게 살다가 이제는 홀연히 떠난 과거 스승이 아니었던가. 이제는 더 이상 창을 가르쳐줄 스승을 찾아다닐 여유가 없었다. 이미 기초를 배운 동진으로서는 스스로 공부하고 스스로 득음해야할 처지였던 것이다. 이런 생각은 발작처럼 그를 아리게 만들었다. 그리고 그의 게으름을 질책하듯 불어오는 바람으로 인해 현기증이 일었다. 넓은 산야가 모두 다 끝을 짐작하기 어려운 미궁처럼 보였다.

차라리 이대로 죽는 것이 좋은지도 모른다. 이곳에서 실컷 소리나 하면서 살다가 그 누구도 모르게 일생을 마치는 것도 좋을 것이다. 내내 이렇게 슬프고 가난한 소리꾼으로 마지막으로 용을 쓰다가 죽는 것도 그리 나쁘지는 않을 텐데. 동진은 어느덧 이런 생각을 하기도 했다.

생각이 이렇게까지 발전하면 가슴 깊은 곳에서 뭔가 치밀어 오르면서 절로 눈물이 솟았다. 그때마다 동진은 불끈 쥔 주먹으로 눈물을 훔치고는 절간움막을 향해 부지런히 걸어갔다.

2

공부한지 한 달이 되어갈 무렵이었다. 그날도 공부를 잠깐 멈추고 움막에서 나온 동진은 눈이 부셔 눈을 비비면서 천하를 둘러보았다. 산은 변함없이 그 자리에 말없이 앉아 있었다. 밤새 퍼부었던 폭설로 인해 산야는 하얀 도포를 뒤집어 쓴 것처럼 보였다. 그동안 동진은 그는 산과 함께 자고, 산과 함께 일어났으며, 자연 또한 그와 함께 자고 일어났다. 바람이 지친 나래를 잠시 접고 눈이 멀어버릴 정도로 하얀 눈을 바라보다가 다시 떠나갔다.

산은 가끔씩 오고가는 사람들을 지긋한 눈초리로 내려다 보고 있었다. 눈이 그친 산은 순백의 아픔을 토해내고 있었다.

그런데 그때, 산을 휘감아 돌던 삭풍이 위력적인 기세로 내려왔다. 마치 칼날이라도 달린 것처럼 매서움을 느끼게 만들었다. 찬바람을 타고 하루살이처럼 서리가 날아들면서 그의 눈앞이 뿌옇게 흐려졌다. 날리는 눈이 그를 향해 잔소리를 하는 것 같더니, 이제는 바람마저 빨리 예전의 목소리를 회복하라고 그를 보채는 것 같았다.

순간, 눈앞에 또렷하게 이미지 하나가 떠올랐다. 얼마 전에 꾸었던 꿈이었다. 그 꿈과 지금 눈앞에 펼쳐지고 있는 장엄한 광경이 어딘가 닮아 있었다. 꿈이 다시 생생하게 이어졌다. 문명의 바퀴에 짓눌러져 허공 속으로 불려가는 땅들의 비명이 들리는 듯했다. 떠난 지 오래된 고향과 그 후로 떠돌면서 머물렀던 여러 마을들이 기억 속을 헤엄쳐 다녔다. 추억들은 시간 속에서 역류했고, 망각의 터널을 거슬러 올라왔다. 휘적거리며 시간을 역류하는 기억들의 지느러미는 푸르고 힘이 좋았다.

동진은 이게 하나의 꿈일 것이라고 생각했다. 그럼에도 이 꿈은 현실보다 더 생생했다. 차마 눈을 뜰 수가 없었다. 눈을 뜨면 꿈에서 깰 것 같았고, 동시에 모든 땅들이 순식간에 사라져버릴 것 같은 두려움이 일었다. 이 땅을 오랫동안 붙잡아 두고 싶은 마음이 간절해졌다.

꿈을 붙잡아두려면 어딘가에 담아두는 것이 필요할 터였다. 이 땅을 소리에 담아야겠다고 생각이 들었다. 순간, 팔다리에 새롭고 유순한 힘이 가득 차올랐다. 물구나무를 선 것처럼 공간이 뒤집히고 시간이 거꾸로 갔다. 물결처럼 허공을 흐르는 소리의 아우성이 귀에 들리는 것 같았다. 그는 눈을 감은 채 한참동안 자리를 뜨지 못했다.

'이 자연을, 이 섭리를, 이 흐르는 역사를 …… 판소리라는 이 소리 안에 담을 수는 없는 것을까. 판소리를 들을 때마다 과거를 느끼고, 옛날의 향기를 맡으며, 추억에 잠길 수 있도록 …… 이름 없는 들풀과 나무들도 제자리가 있듯이 …… 내 청춘의 그 찬란했던 빛깔과 무늬는 없어지고 이제는 찌든 얼룩만 남았지만 그 곳에 내가 가진 꿈을 하나씩 칠하다 보면 …… 색이 모습을 드러낼 때마다 내 꿈도 조금씩 구체적으로 드러날 것이고 …….'

갑자기, 정처 없이 떠돌고 있던 판소리들이 일제히 아우성치면서 그를 향해 몰려오는 듯했다. 그러자 어두웠던 머릿속이 환하게 밝아오는 느낌이 들었다. 동진은 지금 꾸고 있는 꿈들을 소리로 옮기고 싶다는 강한 갈망을 느꼈다.

'만들어 보자. 떠도는 판소리들이 안식할 수 있는 그런 집을 만들어 주자. 어서 그런 소리의 집을 만들어 보자. 그 집 안에 현재의 시간뿐 아니라 과거와 미래도 깃들게 하자. 내 판소리가 그 새로운 시간 위에 실리고, 소리의 집에서 시대에 따라 흘러간 향이 다시 돋아나고 피어나게 하자. 군티 많은 소리꾼의 삶에 꿈을 칠해보자.'

동진은 몸에 신열이 흐르는 것 같아 전율했다. 몸이 덜덜덜 떨렸다. 머리에 불이 들어오는 것 같았다. 오랫동안의 고민스러운 숙제들이 풀어지는 듯한 흥분마저 느껴졌다. 동진은 아무 말도 하지 못하고 신음소리를 냈다. 깨달음의 뒤에 오는 쾌감을 얻는 것처럼 입을 벌린 채 꼼짝도 하지 못했다.

3

며칠 전에 맛보았던 찬란한 꿈으로 인해 공부에 대한 동진의 의지는 더욱 굳건해졌다. 하지만 처마 끝에 매달린 나뭇가지가 마흔 다섯 개를 넘어서면서 그의 꼴은 말이 아니었다. 제대로 먹고 마시는 것이 안 된 상태에서 잠마저 제대로 자지 못하고 앉은 채로 잠깐씩 눈만 붙일 뿐이니 육신이 견디질 못했다. 워낙 고되게 소리 연습을 하다 보니 죽은 사람과 진배없을 정도로 얼굴은 시커멓게 변했다.

건강에 이상이 온 것은 며칠 전의 일이었다. 먼저 눈에 이상이 왔다. 눈앞이 희미해져서 낮밤의 분간이 어려웠다. 주삐채를 두드리던 팔은 어깻죽지에 이상이 생겨 더 이상 움직이기 어려울 정도가 되었다. 시간이 갈수록 목은 성대 결절이 심해져서 소리는커녕 말도 제대로 할 수 없을 지경이 됐다. 잠도 제대로 못 자고 오직 소리 하나만 매달리다 온몸이 퉁퉁 부어올랐고, 눈도 잘 떠지지 않았으며, 몸의 감각마저 둔해진 상태가 되어버렸다. 깜빡이는 의식만 홀로 작동하여 반복적으로 입술을 들썩이게 했다. 숨을 쉬고 있지만 살아있는 송장이나 다름없었다.

4

공부를 시작한지 두 달 가까이 되어가자 조바심이 동한 아비는 동태를 살피려고 슬그머니 움막으로 올라갔다. 동진의 소리 공부에 방해를 주지 않으면서 그의 거동을 살피기 위함이었다. 움막에서는 아무런 기척도 느껴지지 않았다. 불길한 낌새를 느낀 아비는 와락 거적때기를 들어올렸다. 한 사내가 움막 안에서 멍하니 앉아 있었다. 그런데 자세히 보니 가만히 있는 것이 아니라 쉴 새 없이 입술을 움직이고 있었다. 목이 쉬어 소리가 밖으로 새어나오지 않았을 뿐 소리를 하고 있는 것만큼은 틀림이 없었다. 차마 사람의 모습이라고 보기 어려울 지경이었다. 어쩌면 조만간 초상을 치를지도 모른다는 불안감이 아비의 뇌리를 스쳤다.

"애비다. 이러다 송장 치르겠다. 그만 내려가자."

아비는 맘 같아서는 때려서라도 마을로 끌고 내려가고 싶은 마음뿐이었다.

"아부지, 너무 걱정하지 마세유."

동진의 쉰 목에서 들릴 듯 말 듯 가느다란 목소리가 새어나왔다. 아비의 마음으로는 자식의 고생을 더는 바라보고만 있을 수 없었으나, 이 또한 자신의 팔자라는 생각이 들었다. 아비는 더 이상 자식을 바라보는 것이 괴로운 지경이어서 자포자기한 심정으로 움막을 나가려 했다.

"저 …… 아버지 부탁이 …… 있어유."

동진은 죽어가는 소리로 간신히 말했다. 아비가 무슨 소린가 하여 동진의 입에 귀를 가까이 대자 동진이 죽을 힘을 대해 입을 어렵게 열었다.

"똥물을 좀 구해다 주세유. 안 그러면 살길이 없어유."

동진의 뇌리에 김창진 사부가 말했던 비방이 스쳤던 것이다. 공부를 하다가 심신이 망가지면 똥물이 효과가 있다는 것이었는데, 그 말이 최후의 방법으로 불현듯 생각난 것이다. 아비는 크게 한숨을 내쉬더니만 마지못해 고개를 끄덕였다.

"그려, 똥물보다 더한 거라도 못 구하겄냐."

아비는 이 말을 남기고 휑하니 산을 내려갔다. 비록 민간 처방이긴 하지만, 아들을 살리기 위해서라면 이것저것 따질 형편이 아니었던 것이다.

집에 도착한 아비는 뒷간으로 가서 소주 됫병의 주둥이를 헝겊으로 막고 뒷간에 넣어두었다. 며칠 지나자 맑은 똥물이 고였다. 그는 그렇게 가득 고인 똥물을 들고 동진이 기거하는 움막으로 단숨에 올라왔다.

동진은 똥물을 보자마자 마치 갈증에 허덕인 사람처럼 양은 그릇에 따라 단숨에 들이켰다. 하지만 그는 금세 비위가 상해 속이 울렁거렸고, 급기야 먹은 똥물을 다 토하고 말았다. 뱃속으로 들어간 똥물로 위장이 오그라드는 것 같았고, 역겨운 냄새 때문에 헛구역질이 멈춰지지 않았다.

그렇게 똥물을 먹고 토하기를 반복하였고, 맥이 풀린

상태에서 동진은 겨울의 산야와 하늘을 바라보았다. 오랫동안 빈 산야를 보고 있으면 한기가 그의 살과 뼛속으로 스며들었다. 그는 그 한기 속에서 몰인정과 오기와 책임감을 강하게 느꼈다. 이 산야처럼 그 또한 강하게 버티어야겠다는 생각에 가슴 속 깊이 잠들어 있던 야성이 더욱 요동쳤다.

다행스럽게도 나흘이 지나자 똥물 마시는 것에 제법 익숙해졌다. 빈 뱃속에 독한 똥물이 들어가자 스르르 잠이 몰려왔다. 그는 자리에 폭삭 꼬꾸라져 이내 잠이 들었다.

동진이 잠에서 깨어난 것은 해가 서산에 잠길 무렵이었다. 아비가 아침나절에 다녀갔으니 한나절 내내 잠을 잔 것이었다. 그는 화들짝 놀라 자리에 벌떡 일어났다. 그런데 믿을 수 없는 일들이 그를 기다리고 있었다. 다 죽어가던 그의 몸이 날아갈 듯 활기를 되찾은 것이었다. 고통스럽던 팔도 가벼웠고, 시력도 좋아진 것 같았고, 다리에도 힘이 도는 것 같았다. 놀랍게도 인분 거른 물의 효과가 그렇게나 금세 나타난 것이었다.

그 후 동진은 아침마다 인분 거른 물을 한 양재기씩 마셨다. 그렇게 사나흘 마시다 보니 냄새도 덜 느끼게 되었고 소화도 더 잘 되었다.

기력을 회복한 동진은 이제는 소리 공부에 목숨 걸고

매달렸다. 그러자 막혀있던 소리가 날숨의 끝부분에서 실목으로 터져 나왔다. 마침내 소리가 제자리를 찾아 돌아온 것이다. 실목으로 불씨처럼 살아난 소리는 점차 묵직해졌고, 이와는 반대로 동진의 세상에 대한 그리움은 점차 희미해졌다.

백일을 며칠 앞둔 상태에서 동진의 성대는 제법 예전의 목소리에 가까워지고 있었다. 아쉬운 점이라면 탁성이 소리의 끝에 실려 지워지지 않는다는 점이었다. 그건 여러 권번을 떠돌면서 무절제하게 살아온 세월에 대한 인과응보인지도 몰랐다.

동진이 바닥에 깔린 탁성을 지우기 위해 혼신을 다하는 동안, 산하에는 어느덧 잔설이 녹아내리고 빈 절간 움막에도 봄기운이 돋았다. 움막의 처마 끝에는 어느덧 백 개의 나뭇가지가 매달리게 되었다. 죽음의 고비를 여러 번 넘기고 마침내 백일 공부를 끝낸 것이었다.

그렇게 산속에서 백일동안의 힘든 특공을 마치고 산에서 내려왔을 때, 황량하던 벌판에 봄이 돌아오고 있었다. 그와 함께 동진의 갈라졌던 목소리도 이제는 조금씩 예전의 목소리를 회복해갔다.

5

백일 공부를 마치고 얼마가 지나자 동진의 집으로 대구에서 편지가 왔다. 홍보가의 사부 박지홍이 보낸 편지였는데, 조만간 대구로 내려오라는 내용이었다. 동진은 짐을 챙긴 후 주저 없이 대구로 향했다.

"정말 장하구만. 추운 날씨에 얼마나 죽을 고생을 했을꼬."

사부 박지홍은 백일 공부를 마친 동진의 손을 따뜻하게 잡아주면서 진심으로 동진을 걱정해 주었다.

동진은 곧 대동 권번의 소리선생으로 들어앉았다. 물론 박지홍의 주선으로 인한 것이었다. 그때 나이 서른 하나였다. 당시 대동권번에서 교습한 종목은 장구, 시조, 풍류, 가야금 명창 등이었다.

그런데 해방이 됐다고 하지만 국악은 찬밥신세였다. 서양 문물에 밀려 국악은 점차 골동품 취급을 받았다. 일제하에서 많은 탄압을 받으면서 파란만장했던 조선의 소리가 해방과 함께 전성기를 맞을 것으로 예상되었으나, 민중의 다양한 기호와 새로운 미적 요구에 대응하지 못하면서 오히려 더 위축되는 믿기 어려운 상황이 벌어졌던 것이다.

게다가 권번생활의 단조로움으로 인해 동진에게는 권태로운 나날이 계속됐다. 권번생활을 접고, 서울로 돌아갈까도 생각했으나 서울이라고 다를 바가 없다는 게 문제였다. 동진은 또다시 질퍽한 권번생활에서 헤어 나오지 못했다.

그러다가 또 계절이 바뀌자 동진은 조향창극단에 들어갔다. 그 후 동진은 발길 닿는 대로, 바람 부는 대로 떠돌았다. 영남 일대가 그들의 주된 활동 무대였지만, 사람들이 모이는 곳이면 어디든 마다하지 않았고, 사람들이 흩어지면 그들 역시 떠나야 했다.

동진은 조향창극단의 섭외 담당까지 도맡아서 해야 했기에 이리 뛰고 저리 뛰며 후원자들을 찾아다니지 않으면 안 되었다. 그나마 위안이라면 박지홍이 동진을 마치 친자식처럼 끔찍이도 아껴 주었다는 점이었다.

다시 세월이 흐르자, 전쟁이 터졌고, 조향창극단은 해체되었다. 그러다가 전쟁 와중에 만들어진 국극사 단원으로 합류한 동진은 단원과 함께 전국의 이곳저곳을 부평초처럼 떠돌았다. 급기야 서울로 진출한 국극사는 만담가까지 단원으로 받아들이며 살아 남기위해 몸부림을 쳤다. 그러나 관객은 점점 줄어들기만 하였고, 단원들은 하나둘 국극사를 떠나기 시작했다.

그럴 즈음 여성국극단의 인기는 하늘 높은 줄 몰랐다. 아내의 주선으로 다행스럽게도 여성들로만 구성된 햇님 국극단에 들어간 동진은 무대 감독도 하고 작곡도 하면서 생계를 유지했다. 그 후에도 동진은 몇 군데 여성 국극단에 참여하여 잡스러운 일을 했다. 당시에는 여성국극단이 국악계 대세였기에 남자 소리꾼들은 무대에 설 기회가 거의 없었다. 그러다보니 남자 소리꾼들은 하나둘 발붙일 곳을 잃고 국악계를 떠났다. 동진 역시 무대에서 소리할 수 없었으며, 작품들을 작곡하는 것으로 자족할 뿐이었다.

그런데 그 와중에 더 안 좋은 일이 벌어졌다. 설상가상으로 그의 목마저 차츰 가라앉아 그나마 소리를 할 수 없는 지경이 된 것이다. 그러나 우선은 먹고 살아야 했으니, 마음처럼 어디 가서 걱정 없이 소리 공부에만 매진할 처지도 못 되었다. 남은 것은 절박한 소리꾼으로서의 좌절과 회한뿐이었다.

6

1961년은 동진의 소리 인생에서 큰 전환점이 된 해였다. 동진에게 하늘과 같은 기회가 온 것이다. 당시 동진은 우리국악단으로 소속을 옮겨서 지방순회공연을 다니던 중이었다. 서울에 있는 아내 변기로부터 편지를 받았다. 국립국악원의 자리가 났다는 내용이었다. 그리고 그로부터 며칠 후 아내로부터 전화가 걸려왔다. 국립국악원에 취직이 되었으니 지체 없이 올라오라는 내용이었다. 당시 동진은 진주에서 공연을 하고 있는 중이었는데, 그는 자신의 일을 다른 사람에게 떠맡기고 지체 없이 서울로 향했다. 서울까지 가는 동안, 어린 시절 집을 떠나 처음 스승을 찾아가던 그날의 기억이 떠오르면서 동진의 가슴은 설렘으로 가득했다. 가슴이 이토록 부풀어 오른 것은 실로 오랜만의 일이었다.

그해 정월에 동진은 국립국악원에서 국악사보로 발령을 받았다. 이제는 여성국극단 생활을 그만두고 소리 공부에 전념할 수 있게 된 토대를 마련한 것이다. 그 후 촉탁으로 국립국악원에 근무하다가 정식으로 시험을 쳐서 공무원 계장급인 국악사의 자리를 얻었다. 이로써 경제적으로 다소나마 안정을 얻었으나 남은 생애를 이제까지 살아온 것처럼 또 그렇게 흘려보낼 수는 없는 노릇이었다. 목은 이미 못 쓰게 되어 가라앉았고, 다섯 명의 사부들로부터 배운 다섯 마당 판소리 사설마저 거의 잊어버린 상태였다. 더군다나 그의 나이는 어느덧 지천명을 바라보고 있었던 것이다. 그러나 명창에 대한 꿈마저 버린 적은 없었던 것이다.

동진은 흘러간 지난 세월들을 돌이켜보면서 아득함을 느꼈다. 그런 아득함은 다시금 자신의 근원에 대해 고심하게 만들었다. 이쯤에서 일신의 안락을 구하며 편안히 주저앉아 버리기엔 진흙탕 속에서 살아온 삶이 너무나 억울하는 생각이 들었다. 자신에게 판소리 다섯 마당을 전수해준 다섯 스승을 생각해서라도 이대로 주저앉을 수만은 없었다. 이제라도 잃어버린 목소리를 되찾아야겠다는 의지가 다시금 불타올랐다.

"임자, 이제라도 내 근본을 찾았으면 혀."

어느 날, 동진의 뜬금없는 말에 아내 변기는 그의 눈치부터 살폈다. 비록 늦은 감은 있으나 동진이 이제부터라도 본격적으로 창을 연마하겠다는 계획을 설명하자 변기는 깊은 상념에 빠졌다. 그동안 혹시나 나이 때문에 남편이 꿈을 포기하는 것은 아닐까, 하고 늘 걱정했기에 남편의 그 말이 내심 반갑기도 했다. 많은 절박한 소리꾼들이 세월의 무게를 견디지 못하고 끝내 쓰러지고 마는 것을 너무나 많이 보아왔던 변기였다. 청운의 꿈을 안고 소리판에 발을 들여놓았다가 이슬처럼 사라져버린 소리꾼이 그 얼마나 많았던가. 그게 국악계의 엄연한 현실이었던 것이다.

"저는 좋아요. 이제부터 당신 하고 싶은 대로 실컷 해봐요."

동진은 아내 변기의 원조에 천군만마를 얻은 듯이 불끈 힘이 솟구쳤다. 이럴 때면 자신보다 열네 살이나 어린 아내가 자신보다 더 어른스럽다는 생각이 들었다.

그동안 동진은 신촌 집에서 국립국악원이 있는 종로구 운니동까지 매일 걸어 다녔다. 걸어가는 동안 창을 하다 보니 어느 날은 심청이가 되고, 어떤 날은 춘향이가 되기도 했다. 또한 흥부가 되기도 하고, 놀부가 되기도 했다.

그렇게 규칙적인 일상을 보내다보니 이제는 목소리가 조금씩 좋아지고 있다는 느낌이 들었다. 예전에 백일 공부로 일차 다져놓았던 목구멍 속 끄트머리에서 소리의 꽃망울들이 하나씩 둘씩 움트는 것이 느껴졌다. 그는 사무실에 틀어박혀 소리 공부에 오로지 전심전력하였다. 거처도 소리 공부에 전념할 수 있도록 국악원과 가까운 원서동으로 옮겼다. 그러다보니 국악원의 사무실은 예전에 백일 공부를 했던 또 다른 움막이 되었던 것이다.

소리를 하면서 동진은 마음속으로 수없이 이렇게 외

쳤다. 이제 소리 광대를 찾아 길을 떠나던 힘겨웠던 그 시절로, 그때의 초심으로 내 자신을 되돌리지 않으면 안 되리라. 이번이 소리를 되찾을 수 있는 마지막 기회일지도 모른다.

동진은 국악원에 매일 새벽 미명을 해치면서 다섯 시에 출근해서 점심을 먹기 전까지 쉬지 않고 창으로 목을 풀었다. 사람들이 잠든 새벽부터 소리를 하는 바람에 수시로 동네 사람들부터 시끄럽다는 항의를 여러 번 받기도 했다. 그렇게 새벽부터 시작된 소리는 밤늦게까지 종일 이어졌다. 그러다보니 그가 국악원 방에 틀어박혀 소리 공부에 전심전력한다는 소문이 장안의 소리꾼들 사이에 꼬리를 물고 퍼져나갔다.

하지만 사람들의 소문과는 달리 동진의 마음 속 고랑에는 괴로움이 흘렀다. 부귀와 영화에 초연해지려고 노력하지만, 자신의 내면 깊숙한 부분에 살아있는 집착과 욕망이 아직도 심신을 어지럽게 한다는 생각이 가끔은 들었다. 무엇이 그의 소리 공부를 어렵게 만드는지 결론이 서지 않은 때도 많았다. 사악한 세상일까. 절박하고 고단한 삶일까. 변해버린 사람들의 취향에 대한 두려움일까. 천박한 자본주의 물결일까. 아니면 속물스러움일까. 동진은 이런 생각으로 초조해졌고, 불안해졌다. 그렇게 마음이 조급해질 때마다 어디선가 그를 부르는 소리가 들려왔다.

"동진아!"

그 목소리는 스승의 목소리 같기도 했고, 환청 같기도 했고, 현실 속의 애절한 신음 같기도 했다.

"아직은 때가 아니다. 네 마음이 신음을 품을 수 있을 때까지 기다려라."

"제 열정을 나무라지 마세요."

"누가 너를 나무라겠느냐? 난 느릿한 진양조가 마음에 와 닿는다. 전심으로 열심이 하는 것이 중요하지 눈에 보이는 성과가 뭐 그리 중요하겠느냐? 너의 그 열정은 내 마음 속 옷걸이에 늘 걸려있단다."

그런 소리를 들으면서 동진은 부지불식간에 눈을 뜨기도 했다. 그렇게 눈을 뜬 상태에서 움막 밖으로 나와서 어두운 주위를 들여다보면 한올진 어둠은 흐려서 부드럽고, 먼 어둠은 진해서 칠흑이었다. 그러나 가까운 어둠과 먼 어둠은 구분이 잘 되지 않았고, 어둠의 변두리에서는 반딧불이 호젓하게 날았다. 가끔 달이 밝은 날은 달빛이 차오르면서 칠흑의 어둠이 서서히 묽어졌다.

7

며칠 후 동진은 홀로 국기원 뒷산으로 올라갔다. 커다란 소나무 아래 서서 심청가 한 대목을 뽑으니 사부 김창진의 모습이 눈 앞에 어른거렸다. 이번에는 흥부가를 불렀더니 사부 박지홍이 웃으며 나무 사이에서 얼굴을 내밀었다가 이내 사라지는 것이었다. 참으로 이상한 일이 아닐 수 없었다.

순간, 동진은 마치 벼락이라도 맞은 것처럼 완창(完唱)이라는 새로운 사명을 완수해야겠다는 마음이 들었다. 집으로 돌아온 동진은 아내에게 낮에 느꼈던 그의 속마음을 털어놓았다.

"창을 제대로 하려면 본래 혼자서 완창을 해야 하는 겨. 그래서 말인데 …… 내가 완창을 할까 혀서."

아내가 놀란 눈으로 동진을 쳐다보았다. 해방 이후로도 판소리 한 판을 처음부터 끝까지 완창한 사람은 없었던 것이다. 사정이 이러하니 늘 남편을 믿고 격려하던 아내마저도 그것이 가능한 일 같지 않아 눈만 멀뚱거릴 뿐 입을 다물었다. 다급해진 동진은 진심을 담아 쐬기를 박

듯 말했다.

"임자, 이 나이에 내가 무슨 욕심이 있겠는 감. 하지만 소원이 하나 있다면 죽기 전에 완창공연을 한번 멋들어지게 해보는 거여."

동진의 진지한 말에 깜짝 놀라던 아내는 동진의 열정적인 태도를 더는 꺾을 수 없다고 생각하는 것 같았다. 결국 그녀는 온전히 믿고 의지하는 눈빛으로 고개를 끄덕였다.

아내의 승낙을 얻은 동진은 다음의 설득 상대는 국립국악원의 원장이라고 단정했다. 그러나 설득은 쉽지 않았다. 동진이 여차여차하여 판소리 완창 발표를 갖겠다고 말하니 입만 크게 벌리고 도무지 믿으려 하지를 않았다.

"그게 가능키나 한 거여?"

"죽을 각오로 말씀 드리는 거예유."

"좋은 일이지만 …… 그래도 가능성이 있어야 할 수 있는 거 아니겠소?"

그렇게 우려를 표명했던 원장이었지만 언제까지 동진의 고집을 언제까지 꺾을 수만은 없었다. 마침내 원장의 승낙이 떨어졌다.

그러나 국악원에서조차 공식적으로 그의 공연을 후원하기는 어려운 처지였다. 애당초 계획된 일이 아니어서 예산도, 다른 후원도 녹록치 않았다. 결국 모든 공연 준비는 동진 혼자서 하지 않을 수 없었다.

그로부터 얼마 동안은 잔혹한 날들이 이어졌고, 동진은 많은 상처를 받았다. 여러 극장을 돌아다녀 보았지만 판소리 완창을 위해 대관해 주겠다는 곳은 단 한 군데도 없었다. 이유는 있었다. 동진이 무명의 소리꾼이었고, 게다가 판소리 완창까지 하겠다니 모두 코웃음을 쳤던 것이다. 그는 심장에 구멍이 뚫린 것처럼 스산한 그 무엇인가를 느껴졌다. 심장에 깃들어 있었던 무어라 형언할 수 없는 소중한 것들이 흔적도 없이 사라져 버린 듯한 허탈감을 느꼈다.

끝내 극장을 대관하는 데 실패하자 동진으로서는 크게 절망할 수밖에 없었다. 후유증은 오래갔다. 거의 무한한 고독이 그의 기력을 앗아갔다. 이제는 의문의 여지도 없이 자신의 소리 인생이 헛되이 흘러갔다는 것을 알 수 있었다. 어떤 큰 강물을 사이에 두고 자신과 판소리가 서로를 바라보면서 애타게 서로를 그리워만하고 있는 것처럼 느껴졌다.

그러다보니, 동진은 낮에는 현실에서 오는 절망감으로, 밤에는 알 수 없는 내용의 악몽으로 시달렸다. 그럴 때마다 동진은 두 손을 모으고 빌어보는 것이었다.

"판소리를 지배하는 신이시여, 저에게 판소리는 매몰되었거나 잊힌 상태에서 있다가 어느 날 불쑥 한 탐험가의 불굴의 의지로 인해 발견되어 천년의 신비를 보여주는 동굴처럼, 아니면 눈으로 인해 언 상태로 동토 층에 갇혀 있다가 지표층에 드러나면서 살짝 그 속살을 보여주는 빙차 산처럼 신비라는 말 외에는 다른 말로 표현할 길이 없습니다. 지금도 판소리라는 이 단어를 생각하는 이 짧은 순간에도 저는 그저 가슴이 어린아이처럼 떨릴 뿐입니다. 그런데도 당신은 저에게 길을 열어주지 않고 있습니다. 당신과 저는 지금 이 순간에도 하늘과 땅 사이에서 엇갈리고 있으며, 이 엇갈림은 어쩌면 영원할 것만 같아 너무나 안타깝습니다."

그날도 동진은 꿈에서 계속해서 꾸중을 듣다가 잠에서 깨어났다. 덜 달아난 잠이 덜 다가온 희망과 함께 숨결에 실려 가슴에서 치밀어 올랐다.

꿈속에서 동진은 사람들 앞에서 흥보가를 했다. 그런데 잠시 후 그를 향해 사람들이 야유하기 시작했고, 일부 사람들은 그만 때려치우라고 계란을 던지기도 했다. 심지어 일부 사람들은 그의 입을 막아야하다면서 좇아오기도 했다. 신변의 위협을 느낀 동진은 도망치기 시작했다. 여러 사람이 좇아왔다. 달리는 동안 숨이 찼으며, 이

것은 환상이 아닌 하나의 현실처럼 느껴졌다. 비록 열심히 뛰고는 있지만, 그들을 따돌리기에는 너무나 늦은 것 같다는 생각이 들었다. 꿈은 너무나 생생했고, 온 몸의 감각이 그 꿈을 깊이 빨아들이고 있는 것 같았다. 생생함의 기운 때문에 죽음과도 같은 두려움마저 느낄 정도였다.

꿈에서 깨어난 후에도 그 느낌은 그대로 이어졌다. 꿈이 현실처럼 느껴졌다. 공포감이 그대로 느껴졌고, 절박함마저도 그대로였다. 온몸의 감각이 그 꿈으로 인해 두려워 떠는 것 같았다.

"완창이 과연 가능한 일일까? 뭔가 불길혀."

동진은 감았던 눈을 부릅뜨면서 그 누구도 완성해보지 못한 완창이 허황된 꿈은 아닌지 불안해지기 시작했다.

현실의 두꺼운 벽을 느낀 동진이었지만, 그렇다고 판소리 완창 공연을 포기할 수는 없는 일이었다. 며칠 고심하던 끝에 동진은 다시 원장을 찾아가서 의논했다. 그리하여 겨우 국악원 대연주실을 공연장으로 쓸 수 있다는 허락을 받았다.

그러나 해결해야 할 문제는 아직도 많았다. 무엇보다도 빠듯한 살림에 공연 준비금을 마련할 길이 막연했다. 헌데 지성이면 감천이라고, 이런 저런 궁리 끝에 그는 서울신문사를 찾아갔었는데 거기서 우여곡절 끝에 후원 약

속을 받을 수 있었다.

한 시름을 놓게 된 동진은 밤낮으로 소리 연습에 더욱 매진하였다. 물론 연습을 하는 동안에도 동진은 가슴에 그림자를 드리우는 불안감을 지우기 어려웠다. 5시간 이십분 동안 혼자서 해야 하는 흥보가 완창인지라 보통의 의지로는 엄두도 내기 어려운 일이었기 때문이었다. 더군다나 내내 서서 해야 한다는 점은 공연 전까지 그의 숨통을 조여 왔다. 그동안 앉아서 소리하는 것에 익숙했기에 동진은 선 자세로 소리하는 연습에 집중할 수밖에 없었다. 무대 위에서 5시간 이상 서서 소리를 하려면 꾸준한 연습이 필요했기 때문이었다. 예정된 공연 날이 하루하루 다가오자 동진은 이런저런 걱정에 거의 뜬눈으로 지새운 날들이 많아졌다.

공연을 며칠 앞두고, 서울신문에 5시간 이십분 동안 물만 마시고 흥보가를 완창한다는 기사가 나가자 일간지 및 방송국에서 전에 없던 관심을 드러내기 시작했다. 유엔 방송에서는 완창한 내용을 전부 녹음하겠다며 강한 의욕을 보였다.

"다섯 시간이 넘게 한 자리에서 소리를 한다고? 머잖아 역사에 길이 남을 명창이 하나 나오겠구먼."

일부 국악인 중에는 이런 식으로 동진을 얄밉게 빈정

거리는 사람도 있었다. 그렇지만 홍보가 완창은 초유의 장시간 공연이기에 많은 사람들에게 화제와 궁금함을 불러일으켰으며, 이런 궁금함으로 인해 공연 날을 은근히 기다리는 사람이 많아졌다.

8

공연이 일주일 앞으로 다가왔다. 그날 동진은 그 동안의 고된 연습으로 인해 몰려오는 피곤함을 이기지 못하고 쓰러져 혼곤한 잠에 빠져들었다. 근래 홍보가 완창을 앞두고 며칠째 방에 틀어박혀 연습을 하느라 제대로 잠을 이루지 못했던 터였다.

꿈에서는 일주일 먼저 판소리 완창 행사가 열리고 있었다. 그의 마지막 창 소리가 성공적으로 마무리되자 관객이 모두 감격하여 일제히 자리에서 일어나 박수를 쳤다. 그 소리는 바람이 되어 물결을 찰랑거리게 만들더니, 나중에는 파도가 되고 폭풍이 되고 큰 해일이 되어 무대를 향해 거침없이 밀려오는 것이었다. 동진이 벅찬 감격에 멍하니 서 있자 무대 밑에서 누군가 큰소리로 동진을 불렀다. 아, 그곳에는 젊은 날의 동진에게 창을 가르쳤던 스승들이 약속이나 한 것처럼 모두 그를 기다리고 있었다. 심청가를 사사한 김창진 사부, 흥부가를 가르쳤던 박지홍 사부, 적벽가를 가르쳤던 조학진 사부, 춘양가를 가르쳤던 정정렬 사부, 수궁가의 유성준 사부 등 사부 5명이 모두 다 있었다. 그들은 이미 다 저 세상 사람이 되어버린 지 오래였음에도 너무나 건강한 모습으로, 선량함이 가득한 미소 머금은 채 동진을 향해 박수를 보내고 있었다. 모두 깔끔한 한복을 입은 상태였는데, 조학진 사부는 생전에 보던 모습 그대로 흰 고무신에 맥고모자를 쓴 상태였다. 모두 다 예전의 엄하고 까다로운 그런 스승들과는 거리가 먼 상태였다. 이제까지의 모든 것을 다 이해하고 용서한다는 메시지를 간직한, 그런 사람 좋은 미소였고 따뜻한 표정이었다. 동진으로서는 지금까지 살아오면서 한 번도 받아보지 못한 환대였다.

동진은 감격에 겨워 눈물을 흘렸다. 그는 이게 꿈이라고 생각했고, 제발 이 꿈에서 깨어나지 않았으면 좋겠다는 생각을 했다. 다섯 스승들의 온화한 얼굴을 마주보자 그동안 험한 세상을 살아오면서 겪었던 생생한 것들이 오히려 모두 먼 세상의 꿈처럼 생각되었으며, 세속에서의 삶은 모두 죽어버리고 시간은 흐름을 멈추는 것이었다. 오히려 사부들의 박수소리가 더 생생하며, 그들의 숨소리가 더욱더 실감나게 느껴지는 것이었다. 그리고 그 순간, 형언할 수 없는 따뜻한 기운이 동진의 머리끝에서 발끝까지 내려오면서 얼음처럼 차가웠던 몸과 마음을 녹였던 것이었다. 그들의 진심어린 태도와 손길로 인해 동진은 자신이 그동안 치렀던 고생에 대한 보상이라도 받은 것처럼 형언할 수 없는 감격을 맛보았던 것이다.

9

마침내 홍보가 완창이 예정된 공연 날의 아침이 밝았다. 공연장으로 통하는 장충동 비탈길을 걸어 올라가는 동안 동진의 머리는 복잡했다. 청중이 너무 적어서 창피를 당하지는 않을는지, 완창은 별고 없이 끝낼 수 있을지, 이런저런 생각에 가슴이 터질 것만 같았다. 다행스럽게도 청중들은 기대 이상으로 많이 온 것 같았다. 국악원 밖에는 웅성거리는 사람들이 많았고, 언뜻 쳐다보니 행사장인 국악원 대연주실도 인산인해를 이루고 있었다.

어떻게 시간이 가는지도 모르게 예정된 공연시간이 다가왔다. 갓을 쓰고, 한복을 입고, 행전을 치고, 가죽신을 신고, 백선(白扇)을 든 동진이 무대 위에 모습을 드러내자, 소란스럽던 실내에는 깊은 정적이 흘렀다. 마치 모든 것이 다 사라지고 동진만이 홀로 남아있기라도 하듯 모든 청중의 시선이 동진에게로 집중되었다.

'정신 차리지 않으면 오늘이 내 제삿날이 될 수도 있다.'

동진은 다시 한 번 그렇게 다짐했다. 그 순간, 고수 한 일섭의 북이 한 번 두둥, 하고 울렸다. 본격적인 판소리에 앞서 동진은 단가 진국명산을 뽑아 올렸다. 그렇게 단가 하나를 먼저 부르면서 가볍게 목을 푸는 것이 관례였던 것이다. 단가가 끝나자 객석의 박수소리가 커졌고, 함성소리도 같이 커졌다.

다시 북이 울리자, 동진은 백선을 척 펴들고는 흥보가 아니리 대목부터 소리를 시작하였다. 그런데 이상한 일이었다. 너무 긴장을 한 탓인지 소리가 조금 떨려나오는가 싶더니만 급기야 갈라지는 소리가 나는 것이었다. 등에서 식은땀이 흐르는 것이 느껴질 정도였다. 동진은 겉으로는 태연한 척 가장했으나, 속은 하염없이 타들어갔다. 이렇게 많은 사람들 앞에서 공개적으로 망신당한다고 생각하니 더욱 마음은 초조해졌다. 그에게 흥보가를 전수해준 사부 박지홍의 실망스러워하는 표정이 그의 눈앞에 나타났다가 사라졌다.

'이 무슨 변고란 말인가?'

갈라지는 소리가 신경 쓰여 안절부절 못하면서 흥보가 초입 부분을 겨우겨우 이어가다가 간신히 놀부의 심성에 대한 잦은모리로 들어가려는 순간이었다. 세상에는 희한한 일도 있게 마련인 모양이었다. 기적처럼 차츰 소리가 되살아나기 시작한 것이었다. 맥이 풀려 그대로 무대에 쓰러질 것만 같았지만 동진은 아랫배에 힘을 주면서 버티었다. 조금 시간이 지나자 이제는 동진 자신도 신명이 동하였고, 이에 동조하듯 객석의 청중들도 판소리의 매직에 빠져들기 시작했다. 신명나는 장단에 청중들의 어깨도 들썩거리는 것이 보였다.

이제 동진 자신도 무아지경으로 빠져들었다. 이쯤 되고 보니 진정 소리하는 사람이 누구인지 엇갈릴 정도였다. 그에게 소리를 가르쳐준 다섯 명의 사부들이 번갈아가면서 애처로운 제자를 대신해서 소리를 해주는 것 같았다. 그렇게 다섯 시간이 흐르는 동안 동진은 화장실도 가지 않은 채 물 몇 모금만 마시면서 열창했다. 마침내 흥보가의 마지막 부분까지 무사히 마무리되자, 동진은 펼쳤던 백선을 접고 객석을 향해 말없이 고개를 숙이면서 흥보가 판소리 한 바탕이 끝났음을 알렸다.

"와아!"

청중들이 일제히 자리에서 기립하여 동진의 노고에

대해 존경을 담은 함성과 뜨거운 박수로 화답했다. 판소리 완창이 성공적으로 마무리되는 순간이었다. 주체할 수 없는 감격을 만끽하고 있는 동진을 향해 다시 한번 청중이 보내는 환호와 박수의 물결이 쏟아졌다. 동진은 그렁해진 눈으로 청중을 바라보았다. 그러나 단순히 청중만을 보고 있는 것은 아니었다. 희망이 안 보였던 근 사십 년 가까운 세월의 궤적을, 소리를 제대로 만들기까지 떠돌면서 헤쳐 왔던 험난한 기억들을, 5명의 사부에서 출발하여 동진에게 흐르는 동안 더욱 선명해진 국악의 소리를, 불러 모아지면서 더욱 선명해지는 사람들을, 또다시 미래를 향해 요동치며 흘러갈 그 세월의 물결을 감격하여 바라보고 있었던 것이다.

3장

숨을 멈추며

숨을 멈추며

지연은 호흡을 가다듬으면서 조사 응답지를 바라보았다. 몇 개의 표시된 기호가 눈에 들어왔다. 비록 작은 공백 사이에 둥지를 내린 기호들은 글자 이상의 그 어떤 것, 사연과 아픔이 공존하는 작은 서식처처럼 생각되었다.

막상 시작은 했지만 조사는 생각만큼 쉽지 않았다. 여건이 열악함에도 할당량을 채우는 다른 조사원을 보면서 지연은 자신이 그들과는 다른 생명체처럼 생각되었다. 조사원으로 참여한 아줌마들은 깊은 산속에 방사해도 며칠은 거뜬하게 생존할 것처럼 강인했다. 마치 산짐승 같았다. 하지만 이왕 시작한 일이니 악착같이 해서 그들을 이겨보고 싶다는 알 수 없는 오기마저 들었다.

오늘 방문할 집은 일곱 가구였다. 오전에 세 가구를 방문했으니 남은 가구는 네 가구였다. 지금 방문할 집은 어제 문전박대를 당했던 집이었다. 반지하로 내려가는 계단은 한낮임에도 불구하고 햇빛이 제대로 들지 않아 마치 지하무덤으로 통하는 초입 같다는 착각마저 들 정도로 어두웠다. 멀쩡하던 빛이라 할지라도 이곳을 통과하는 순간 빛의 걸음걸이가 꺾어 신은 신발을 질질 끌듯이 불량스럽게 변할지도 모른다고 그녀는 생각했다. 벨을 누르고 한참동안 기다렸으나 안에서는 여전히 응답이 없었다. 당장이라도 어둠속에서 뭔가가 튀어나올 것만 같아 으스스했다. 또 허탕인가 싶어 화가 난 그녀는 연달아 초인종을 눌렀다. 누구요? 초인종 소리가 공허하게 반향하는 소리를 듣다가 막 돌아서려는 순간 안에서 응답이 들려왔다. 어제 왔었던 통계청 조사원입니다. 잠깐만 시간 내주세요. 지연은 문구멍을 향해 신분증을 흔들었다. 어제 안 한다고 하지 않았소. 독기 먹은 목소리가 뱀의 혀처럼 문틈 사이로 새어나왔다.

이 일을 너무 만만하게 보았던가? 통계조사를 하겠다고 자청한 것은 그녀였다. 조사원을 뽑겠다는 공고를 보고 자원해서 교육장을 찾았을 때가 보름 전이었다. 실무자가 지원자들에게 조사표를 작성하는 방법에 대해 장황한 설명을 하고 나자 책임자가 다짐을 받기라도 하듯이 다시 물었다. 여기 남으신 분은 정말 끝까지 하실 겁니까? 지금이라도 포기하실 분은 하세요. 이 일은 그렇게 만만한 일이 아닙니다. 그러고 보니 교육을 받는 도중에도 중도 포기하고 집으로 돌아가 버린 사람도 많았다. 그녀가 할 일은 명단에 나와 있는 가구를 방문하고, 조사표를 작성하고, 응답자 확인을 받은 다음 조사표를 제출하는 것이었다. 그러나 막상 다녀보니 조사요원이라는 것을 밝혀도 문을 열어주지 않는다든지, 마지못해 문은 열었으나 설문에 협조하지 않는다든지, 설문에 반말로 응하는 경우도 많아서 울컥할 때도 많았다. 조사한 건수에 따라 수당이 지급되기에 경제적으로 도움이 될 수 있지만 그렇다고 꼭 돈 때문에 이일을 시작한 것은 아니었다. 자신의 능력과 한계를 시험하고 싶은 마음에 시작했지만, 시간이 지날수록 일은 버거웠다. 날씨보다 더 차가운 냉랭한 분위기, 한여름의 태양보다 더 날카롭게 내쏘는 사람들의 눈빛, 방 구석구석 배어버린 퀴퀴한 냄새, 능글거리는 남자의 눈빛에서 풍기는 음습한 공기 ……. 이런 것들이 복합적으로 발효되면서 자존심 상하고 경직된 지연의 속을 뒤집어 놓았다.

이 아줌마 참 끈질기네. 마침내 문이 열리고 한 남자

가 얼굴을 내밀었다. 남자는 실내가 어두웠음에도 불구하고 선글라스를 끼고 있었다. 비록 희미한 조명이 비추고는 있으나 창문에는 검은 색의 두꺼운 커튼이 쳐져 있어서 더욱 어두운 상태였다. 마치 동굴 속의 박쥐와 마주친 기분이었다. 박쥐는 선글라스를 끼고 있긴 하지만 그녀의 방문을 탐탁하게 여기지 않는 듯한 표정이었다. 희미한 백열등의 불빛이 박쥐의 선글라스에서 싸늘하게 반사했다. 그녀는 선글라스를 쓴 그의 모습이 답답했으나, 어쩌면 그가 눈에 장애가 있는지도 모르며 선글라스로 장애를 숨기고 있는 것인지도 모른다는 생각이 들었다.

가능한 빨리 하도록 할게요. 지연의 말에 남자가 그녀를 내려다보았다. 원하는 것이 도대체 무엇이냐고 묻는 듯한 자세로 그의 입이 실룩거렸다. 그녀는 막막함을 느끼면서 조사표를 조심스럽게 펼친 다음 물었다. 가구원이 모두 몇 명인가요? 남자는 고개를 갸웃거린 다음 지연을 노려보았다. 솔직히 이따위 조사를 하는 이유를 모르겠소. 지금까지 공권력이 남용되는 것을 하루 이틀 봐온 것도 아니고……. 이게 만일 엉뚱한 쪽으로 쓰였다는 게 나중에라도 밝혀진다면 당신이 책임지겠소? 말하는 남자의 얼굴이 멧돼지와 겹쳐 보였다. 굵고 짧은 목이며 험악한 인상이 당장이라도 달려들 것만 같았다. 그녀는 당황스러웠다. 솔직히 그녀는 거기까지 생각해본 적은 없었다.

그냥 믿어주시면 안 되겠어요? 그것 보시오, 대답을 못하잖소. 남자는 아까보다 더욱 기세가 등등해졌다. 어쩌면 이 남자는 피해망상증이 있거나, 아니면 다른 사람이 없는 더듬이를 가지고 있어서 보이지 않는 균열이나 조짐을 감지하는 특별한 재능을 가진 사람인지도 모른다. 그의 입을 보면서 지연은 생각했다. 이 남자에게 풍기는 그림자의 정체는 무엇일까.

선생님이 가구주시죠? 그렇소. 그가 그녀를 쳐다보지도 않고 대답했다. 사모님은요? 없소. 이혼했소. 남자의 짜증스러운 대답을 들으면서 지연은 동질감을 느꼈다. 남편과 별거를 시작한 것은 두 달 전이었다. 별거하기 전, 그녀의 가정은 아주 표준적인 집안이었다고 그녀는 생각했다. 두 사람은 20대 후반이고, 30평의 자택 아파트를 가지고 있으며, 방이 둘 있고 거실도 있으며, 집에 아이가 없으며, 다른 이름을 가진 동거인은 존재하지 않았다. 누군가 인구조사를 했다면 이런 사항을 빠짐없이 체크했을 것이다. 비록 남편은 수학처럼 논리적이며, 예술처럼 섬세하지만 야수처럼 거칠고 악마처럼 교만했지만 안정된 직장에 다니고 있었고, 능력도 있었기에 걱정은 없었다.

결혼 전 남편은 너무나 완벽했다. 만날 때마다 이벤트를 준비했고, 깜짝 놀랄만한 크기의 다이아 반지를 곁들인 감동적인 프러포즈를 했다. 남편이 다니던 회사 인턴이었던 그녀는 회사의 정규직이 되는 것보다는 남편과 결혼하는 것이 더 안정적이고 현실적일 것으로 판단했다. 그렇게 착각하게 만든 남편은 사기꾼이라 부르기에는 너무 낭만적이고, 사랑의 전령이라 부르기에는 너무나 작의적이었다. 어쩌면 천사의 심장 반쪽과 악마의 반쪽 심장을 교묘하게 봉합해놓은 묘한 복합체인지도 모른다고 생각했다.

선생님은 연세가 어떻게 되세요? 정말 귀찮게 하시네. 도대체 이따위 것을 왜 해야 하는지 모르겠네. 남자는 지연에게 얼굴을 들이밀면서 으르렁거렸다. 조사항목이기 때문에 어쩔 수 없어요. 그녀의 변명에 불구하고 찌푸려진 인상이 펴지지 않았다. 지연은 자신이 왜 이런 부질없는 짓을 하고 있는 걸까, 하고 후회가 되었다. 그럼 이걸 하는 목적이 무엇인지 한번 말해보시오. 그녀는 멈칫했으나 교육받을 때 했던 내용을 기억해서 간신히 말했다. 말, 말하자면 우리나라의 사람과 주택 수…… 조사해서 계획을 만들고 또 활용하고 …… 그러기 위해서 실시하는 통계조사거든요. 절대 다른 목적으로는 쓰이지 않아요. 그러니 협조해주세요.

남자의 행동을 보고 있자니 갑자기 목을 조여지는 것 같은 아픔이 느껴졌다. 남편과 살면서 이런 답답함을 많이 느꼈었다. 남편은 남보다 승진이 빨랐고, 바쁜 와중에도 생일이나 기념일엔 꽃과 함께 목걸이나 반지를 선물하는 자상함을 보여주었다. 단지 다소 불편한 점이라면 남편은 자신의 역할에 충실한 만큼 그녀 역시 제몫을 다 해주기를 기대하는 점이었다. 집의 관리를 맡은 그녀는 항상 윤이 나도록 청소해야 하고, 옷장 속에는 잘 정리된 옷이 걸려 있도록 노력해야만 했다. 남편은 안정된 집안을 자랑스러워하는 듯했고, 아내도 그 행복에 동참하고 있다고 믿는 듯했다. 시간이 지나자 그녀는 가정이란 '책임'이라고 쓰고 '자발'이라고 읽히는 것이라는 것을 깨달았다. 남편은 행복을 극대화한다는 미명 아래 몇 가지 새로운 규칙을 만들었는데, 그건 그녀가 좀 더 품위를 갖추어달라는 것이었다. 예컨대 밖에서 들어오면 곧바로 화장실에 가서 옷을 털고 손을 깨끗이 씻어야만 했고, 청소나 빨래나 설거지를 등한시하는 것은 그 어떤 죄악보다 큰 것이었다. 결코 용서할 수 없는.

갑자기 머리가 저릿해지는 느낌이 들었다. 지연은 숨

을 길게 내쉰 다음 숨을 참았다. 그러자 뜬금없이 어릴 적 놀았던 장독대가 자꾸만 눈앞에 펼쳐지는 바람에 다른 세상에 온 것 같은 느낌이 들었다. 이렇게 하는 것은 고통을 견디는 그녀만의 방법이었다. 어려서부터 견디기 어려운 일이 있을 때마다 해오던 습관이었다. 숨을 참으면 극심한 고통이 따르지만, 고통 뒤에 맛보는 환상은 잠깐이나마 위안을 주곤 했다. 이혼은 자유로 들어가는 문일 거라고 그녀는 생각했다. 하지만 자유의 대가는 너무나 혹독했다. 그녀는 강해지고 싶었고, 남편에게 완전하게 독립하고 싶은 마음에 이를 악물었지만 마음처럼 되지는 않았다. 삶이 힘들 때마다 숨을 멈추는 횟수도 늘어갔다.

가족은 또 없나요? 아들이 하나 있소. 지연의 질문에 남자가 낮은 목소리로 말했다. 남자의 표정이 조금 누그러진 것 같았다. 조사 목적을 나름대로 잘 설명해서 그런지도 몰랐다. 아드님의 나이는 어떻게 되나요? 스물여섯이요. 직업이 뭔가요? 남자의 인상이 찌푸려졌다. 남자의 입에서 풍기는 진한 담배 냄새가 그녀의 코에 꽂힌다고 느끼는 순간, 갑자기 그가 자리에서 일어서더니 비틀거리면서 멀어져 갔다. 그녀는 그의 뒷모습을 멍하니 쳐다보았다. 그는 담배를 찾아 피워 물었다. 그리고 허공에 길게 연기를 뿜었다. 지금은 바쁘니까 다음에 오시오. 바로 뒤이어 귀를 찢는 듯한 음악소리가 그가 사라진 공간을 채웠다.

남자는 흔들의자에 앉았다. 흔들의자가 기이한 소리를 내면서 폭풍을 만난 배처럼 흔들렸다. 집안에 있는 여러 물품들과 비교할 때 그 흔들의자만이 다른 것들과 어울리지 못하고 겉도는 느낌이었다. 이 집에 가장 값나가는 물건일지도 모른다는 생각이 들었다. 남자는 이제 더 이상 그녀의 대답에 협조할 뜻이 없는 것 같았다.

말이 말 같지 않소. 다음에 오란 말이오. 남자는 카랑카랑 가래를 뱉어내더니 차갑게 말했다. 아닌 밤중에 홍두깨라더니. 이유는 알 수 없지만 이쯤에서 끝마쳐야할 모양이라고 지연은 동물적으로 느꼈다. 그녀는 설문지를 접었다. 그리고 고개를 떨어뜨린 채 조심스럽게 집밖으로 나왔다. 이집 역시 삼각형이 아니야. 가족이란 어차피 엄마, 아빠 자녀를 중심으로 삼각형을 그려야만 안정적이고 평안한 여건을 만들 수 있다는 생각이 들었다.

남편의 극성이 심해진 것은 그녀가 임신이 되면서 부터였다. 손을 씻고, 정기적으로 태교음악을 듣고, 참살이 음식을 먹고, 좋은 생각을 해야만 하는, 말하자면 헌신적인 태교를 강요당한 셈이었다. 그렇게 두 사람 사이에 보이지 않는 살얼음이 만들어지고 그 위에 미세한 균열이 발생했으나 그녀는 눈치 채지 못했다. 그 균열이 보호색을 닮았거나, 적어도 어떤 마법이 그녀의 판단력을 혼미하게 만들었기 때문이었을 것이다. 그러나 아이가 유산이 되면서 마법은 풀렸다. 나름대로 유난을 떨었음에도 유산이 되자 남편은 유산의 원인이 그녀의 정성이 부족한 것이라고 평가했다. 그녀를 노려보며 분노하는 남편의 모습은 그의 마음에 묶여 있던 짐승의 피가 다 같이 뛰쳐나와서 미쳐 날뛰기 시작하는 것 같은 모습이었다. 그 후 두 사람은 사랑하는 것도 아니고, 그렇다고 전혀 남도 아닌 애매모호한 점잖은 부부가 되고 말았다. 결혼생활이란 소풍같이 설레고, 꿈처럼 환상적이지만 술처럼 취하게 하고 도박처럼 위험한 것이라고 그녀는 생각했다. 한때는 좋은 엄마가 되겠다는 생각을 하기도 했으나 유산이 되고나자 그녀는 자신이 남편의 몸에 기생하는 다른 생명체처럼 생각되어 심한 우울증에 시달렸다. 아이를 지켜주지 못한 자신이 부끄러워 엑스터시 같은 약물의 힘을 빌려서라도 환각의 세상에 빠지면 참 좋겠다는 생각이 들 정도였다. 하지만 그날 남편의 행동은 지연으로서는 당혹스러울 수밖에 없었다.

그날 남편은 프러포즈를 했던 레스토랑으로 지연을

초대했다. 그는 한껏 분위기를 잡은 다음 조용히 입을 열었다. 우리 그만 헤어지는 것이 좋겠어. 결혼 후 취득한 재산은 공평하게 분배할 거야. 반대하지 않겠지? 이 남자는 청혼할 때처럼 파혼도 매우 격식 있게 한다는 생각을 하기도 전에 피가 역류하는 것 같아 지연은 이를 악물고 간신히 물었다. 도대체 이유가 뭐야? 부부는 긴밀한 협력이 중요한데 나는 신뢰할 수 없는 당신과 함께 할 준비가 돼 있지 않아. 그게 이유야. 남편은 가라앉은 목소리로 말했다. 신혼의 뜨거움과 분노의 뜨거움을 되새기다보니 그녀가 머물다가 빠져나온 곳은 지옥이었는지도 모른다는 생각이 들었다.

고생이 많네요. 걸어서 오 분 정도 떨어진 다음 집의 가구주는 참으로 친절했다. 신분증을 제시하자 문을 쉽게 열어주었고, 상냥한 인사까지 곁들었다. 게다가 집은 격조 있게 잘 정리되어 있었다. 지금까지 그녀가 조사하러 다녀본 집들 중에서 가장 부자인 것 같았다. 조사는 생각보다 원활하게 진행되었다. 그런데 두 번째 설문이 진행되는 동안 여자가 잠깐만 기다리라면서 부엌으로 사라졌다.

그녀의 돌발적인 행동에 지연은 당황스럽기는 했지만 달리 마땅히 할 일이 없어서 켜진 채 소리가 나지 않는 티브이에 시선을 집중했다. 볼륨을 높이자 나오는 것은 뉴스였다. 먼저 나오는 것은 오늘 출현해서 서민에게 공포를 주었던 멧돼지에 대한 것이었다. 기자는 최근 1년 동안 멧돼지 도시출현 사건만 30여건에 달한다고 강조했다. 그리고 이어서 동물전문가가 등장하여 멧돼지의 도시 출현은 녀석들의 개체수가 비약적으로 증가했음에도 서식지가 좁아지자 먹이와 영역 다툼에서 밀린 녀석들이 도시로 내려오기 때문이라는 주장을 펼쳤다. 인터뷰가 끝나자 이번에는 멧돼지가 결국 엽총에 맞아 피를 흘리면서 싸늘한 시신이 된 모습을 자료 화면으로 보여주었다. 구조대장은 도심으로 내려온 멧돼지는 낯선 냄새와 환경에 매우 흥분하여 사람을 공격할 것이기에 엽총으로 사살할 수밖에 없었다는 당위성을 강조했다. 처참한 시신을 보면서 그녀는 멧돼지에게도 인터뷰 기회를 주어야 공정하지 않을까라는 생각이 들었다. 개발이라는 명목으로 서식지를 없애고, 사냥꾼에게 쫓겨 결국 길을 잃어 도시까지 내려왔는데 죽이는 것은 너무하지 않소. 멧돼지는 이렇게 항변할지도 모른다. 허나 출산율이 너무 낮아 고민스러운 한국 사람들에게 출산율이 너무 높아 개체수가 날이 갈수록 늘어가는 멧돼지는 질투의 대상일 것이다. 서로 평화롭게 공존하는 해결 방안은 찾기 힘들 거라고 그녀는 생각했다.

이어지는 뉴스는 아프리카의 우림지대를 보여주는 화면이다. 해설자는 목이 긴 기린이 그보다 목이 짧은 기린들을 굶어 죽게 하고 있다고 목소리를 높였다. 목이 짧은 기린은 굶어 죽어가고 있음에도 목이 긴 기린은 과식이 문제라고 것이다. 목이 긴 기린이 모 재벌의 얼굴과 닮았다는 생각이 들었다. 거기도 어설픈 자본주의체계가 문제군. 정부가 방치하는 동안 몇몇 사람들이 많은 사람들의 무지를 이용해 이윤을 챙기는 어설픈 행동이 동물의 세계에서도 답습되고 있으니 말이야. 지연은 이런 생각을 하면서 씁쓸함을 느꼈다.

어머나 죄송해요. 여자는 무대에서 사라졌다가 나타나는 배우처럼 등장했다. 그녀의 손에 걸레가 들려 있었다. 아마도 걸레를 빨러 갔던 모양이었다. 거실의 바닥을 훔치는 여자의 익숙한 모습을 보면서 지연은 갑자기 얼어붙는 기분이 들었다. 열심히 청소하는 사람을 보면 온몸에서 짜릿한 전율이 흐르곤 했다. 남편은 청결에 대한 강박이 있어서 집안이 더러워져 있는 꼴을 보지 못했기 때문이었다. 남편의 강박적 집착은 달리 표현한다면 '악마 같은 집착'일 것이라고 지연은 생각했다.

따님은 미혼이죠? 청소를 마친 여자에게 지연은 물

었다. 그녀의 목과 어깨를 여우 털로 만들어진 목도리가 감싸고 있었다. 아뇨, 이번 주 토요일 결혼식을 할 거예요, A예식장에서요. 혼인신고도 이미 했어요. 여자는 묻지도 않는 것을 척척 말했다. A예식장이요? 지연은 자신도 모르게 신음소리를 내고 말았다. 왜요, 뭐가 잘못되었나요? 아뇨. 이렇게 대답하면서 지연은 생각했다. 하필이면 ……. 그곳은 그녀에게 있어서 시간이 거꾸로 흐르는 곳이었다. 그날은 그녀에게도 특별한 날이 될 예정이었다. 별거를 끝내고 남편과 그 예식장에서 정식으로 이혼식을 할 예정이었다. 저녁에는 예식손님이 뜸한 관계로 저렴하게 빌릴 수 있었다고 했다. 특별히 그 예식장을 택한 것은 일 년 전에 그곳에서 예식을 치렀기 때문이었다. 그러고 보니 남편과 결혼생활을 하는 사계가 지나갔고, 그와 함께 봄 같은 설렘, 여름 같은 열정, 가을 같은 풍요함, 겨울 같은 냉정을 다 맛보았다는 생각이 들었다.

결혼은 포위된 요새가 아닐까, 하고 지연은 생각했다. 밖에 있는 자들은 그 안으로 들어오고 싶어 하고, 그 안에 있는 자들은 밖으로 나가고자 하는 것이다. 외로운 자의 이성을 마비시키는 결혼의 유혹이여. 이제부터 사기꾼이라고 부를 테다. 지연은 이렇게 말하고 싶은 충동이 느껴졌다.

며칠 전에 이혼식 리허설도 끝낸 상태였다. 완벽한 서로의 새 출발을 위해서 이혼식은 가까운 친구들만 초대해서 조촐하게 치를 예정이었다. 그날 그 예식장에서는 여러 쌍의 결혼이 있을 예정이라고 했다. 낮에는 두 사람이 한 몸이 되고, 밤에는 한 몸이 다시 두 사람으로 갈라지는 예식을 거행하게 될 터였다. 낮의 결혼식장은 축하의 연주가 흐르며 폭죽 같은 박수소리로 채워질 것이고, 밤의 이혼식장은 진지한 표정이 가득한 사람들로 채워질 것이었다.

이번 토요일 결혼하는 두 남녀는 사랑하기 때문에 결혼하는 것일까, 결혼하기 때문에 사랑하는 것일까? 그녀는 갑자기 이런 사실이 궁금해졌다. 결국 함께 자는 일을 굳이 사람들을 잔뜩 불러놓고 허락 받은 다음에 선언할 가치가 있는 일일까? 팔라치가 결혼식에 대해 표현한 말이 그때는 이해가 안 갔지만 이제는 어느 정도 동감할 수 있었다. 이혼식이 끝나면 모든 것에서 진정으로 벗어나서 자유로울 수 있을까? 이혼식을 생각하자 지난 세월의 체취에 다시 한 번 코를 파묻는 기분이 들었다.

이혼식은 도대체 무슨 의미일까? 사실 지연은 이혼식을 탐탁하게 생각하지 않았지만, 그럼에도 순순히 응한 것은 이혼식을 끝내야 위자료를 주겠다는 남편의 압력도 있었고, 여전히 그림자처럼 들러붙어 일상 속에서 꿈틀거리다가 삐져나와 다가오는 그 무엇을 느꼈기 때문이었다. 그것은 그녀의 품안에서 힘을 준 채 그녀를 감싸 안고 있는 그의 체취가 그림자처럼 남아 있다는 점이었다. 이혼식을 마치면 몸 안에 쌓여 있는 노폐물을 쏟아버리듯, 과거의 모든 것들을 변기에 넣어버리고 레버를 누르듯이 모든 것들을 날려버리게 될 것인지는 알 수 없었다.

빛의 숨결을 어렴풋이 느끼면서 지연은 눈을 떴다. 햇살이 커튼을 뚫고 들어왔지만 집안에 온기는 없었다. 이불을 당기니 환청처럼 남편의 음성이 들리고 뜨거운 호흡이 느껴지는 바람에 참을 수 없이 외로워졌다. 그녀는 꼼짝 않고 누운 채 다시 눈을 감았지만 어디선가 철판을 긁어대는 소리가 가늘게 들렸다. 그녀는 방안을 두리번거리다가 거울에 비친 그녀의 머리칼을 보면서 짐승의 털처럼 엉겨져 있다고 생각했다. 비록 형체는 없지만 그 소리는 분명 그녀가 나아가고자 해도 막힌 장애물에 흡수되어버린 꿈이었고, 반사되었다가 스러져간 행복이었고, 조금은 굴절되어 아직 가슴속에 남아 있는 희망일 터였다. 지난날의 열정과 희망이 주먹에 들어있는 모래가 빠져나가듯이 새버리는 기분이었다. 나폴레옹은 생애에 행복했던 시간은 6일 정도였다고 말했고, 헬렌 켈러는 단 하루도 행복하지 않는 날이 없었다고 했다는데 그녀는 두 사람 중 어떤 쪽에 가까운지 생각했으나 결론을 내기 힘들었다.

점심을 먹고 느긋하게 집을 나선 지연은 어제 마무리 못한 집을 세 번째 방문했다. 여전히 긴장이 되었기 때문에 그녀는 심호흡을 하고 벨을 눌렀다. 오랫동안 열리지 않았을 것 같은, 굳게 닫힌 철창 같은 문이 서서히 열렸다. 금방이라도 멧돼지 같은 남자가 튀어나올 것 같은 불길함에 그녀는 긴장했다. 정작 문이 열리자 나타난 것은 한 남자였다. 그는 하얀 마스크로 얼굴을 반쯤 가리고 있어서 정확히 얼굴의 윤곽을 구분하기 어려웠다.

가구 조사하러 오셨죠? 남자의 예상하지 못한 질문에 지연은 당황스러웠다. 제가 답변해드릴게요. 남자가 상냥하게 말했다. 아마도 남자의 아들인 것 같았다. 첫인상으로 판단했을 때 눈매가 날카로워 보였는데 막상 의외의 말을 듣고 보니 그녀는 당황스러웠다. 그때였다. 그가 갑자기 마스크를 벗었다. 그의 얼굴은 화상으로 인해 심각한 상태였다. 그러고 보니 어제 남자가 아들 이야기가 나오자 신경질적으로 나온 이유를 짐작할 수 있을 것 같았다.

놀랬죠? 그가 겸연쩍게 웃었다. 지연은 마음을 들킨 것 같아 손사래를 쳤다. 화상을 입었어요. 그가 안심시키려는 듯이 말했다. 괜, 괜찮으세요? 그럼요. 어쩌다 그러셨어요? 이렇게 말하고선 그녀는 괜한 질문을 했다는 후회가 들어 그를 힐끔 쳐다보았다. 인상이 유순해보여서 자신도 모르게 바보 같은 질문을 하고 말았던 것이다. 그를 쳐다본다는 것만으로도 곤혹스러운 일이었다. 그는 듣지 못한 것처럼 가만히 있었다. 미안해요. 괜한 것을 물었네요. 그녀는 잠시 망설이다 진지하게 사과했다. 그가 구부렸던 허리를 펴고 귀에 들릴까 말까 한 목소리로 중얼거렸다. 아녜요. 그는 힘없이 웃다가 말을 이었다. 사실은 …… 분신을 했었거든요. 가늘게 떨리는 그의 목소리는 그녀의 귀에서 커다란 파장으로 진동했다.

지연은 혈색이라곤 전혀 찾아볼 수 없는 그의 얼굴을 찬찬히 뜯어보기 시작했다. 그의 몰골은 형체를 알아볼 수도 없을 정도로 참혹하게 뭉그러져 있었다. 파도에 밀려 모래성이 무너지듯 그의 피부는 무너져 내려 형체도 없어지고 땀구멍이 모두 막혀버렸는지도 몰랐다. 그런 처참한 얼굴로 숨 쉬고 있다는 것이 신기할 정도였다. 얼굴보다도 마음이 더 많이 무너져 내렸을 것 같았다.

혹시 직…… 업…… 은…… 있으세요. 남자는 잠시 눈을 감고 호흡을 가다듬더니 조용히 말했다. 일 년 전에 자동차 공장에서 조립하는 일을 했어요. 비정규직으로요. 그날 우리는 전부 해고를 당했어요. 우리는 출근했고 농성에 들어갔어요. 그날 사장이 농성장에 퇴거 명령서를 갖고 왔더군요. 우리더러 불법이니 나가라고 하더군요. 지금까지 불법으로 사람을 부려 먹은 사람들이 우리더러 불법이라고 나가라구하니 기가 막혔어요. 억울한 마음이 들어 도저히 참을 수 없었어요. 그래서 ……. 남자의 말을 들으면서 어쩌면 그들은 금단의 울타리를 들어간 건지도 모른다고 그녀는 생각했다. 그런데 남자를 다시 보는 순간, 남편에게서 들었던 사건의 전말이 어렴풋이 기억났다. 남편은 남자가 다녔던 회사의 관리직 직원이었다. 누구나 남의 영역을 침투하면 희생이 따르는 법이라고 그때 남편은 힘주어 말했다.

공장에서 비정규직 농성이 있던 날, 그 남자는 점거 농성장인 제 1공장에서 다른 비정규직 조합원과 함께 있었다. 그날 사장은 공장에서 지체 없이 나가라고 '퇴거명령서' 가지고 왔다. 그 과정에서 농성자 오십여 명이 막아섰고, 사장의 주위에 있었던 이백 명의 관리자와 폭이 좁은 계단에서 격렬한 몸싸움을 벌였다. 몸짓이 크고 수가 많은 관리직 직원을 조합원들은 당해내기 힘들었다. 그의 동료들이 두들겨 맞았고, 점차 밀리고 있었다. 그들은 밀물에 밀려 언제 떠내려갈지 모르는 가련한 피라미들이었다. 개만도 못한 놈들. 갑자기 남자는 이렇게 크게 외친 다음 생수병에 담긴 시너를 그의 몸에 부었다. 그건 화장실에 미리 준비해둔 것이었다. 모든 사람들이 일제히 남자를 쳐다보았다. 갑자기 그의 손에 든 라이터 불이 총성처럼 그의 몸을 향해 발사되었다. 그의 몸은 하나의 점화대가 되었고, 불꽃은 미친 듯이 타올랐다. 멍한 표정으로 바라보던 사람들이 활화산처럼 격렬하게 폭발하는 그를 향해 달려들었다. 이곳저곳에서 비명이 들렸고, 주위에 있던 동료가 급히 웃옷을 벗어 불을 껐다. 모든 것은 마치 슬로비디오로 재생해 보는 것처럼 아주 느리게 진행되었다. 그는 동료에 의해 대학병원으로 옮겨졌다가 다시 화상 전문병원으로 이송돼 치료를 받았다. 생명에 지장은 없었으나 몸은 화마로 인해 망신창이가 되고 말았다 …… 아마도 당시 상황은 이랬을 것이라고, 그녀는 남편과 남자의 말을 조합해서 이렇게 추측했다.

제 행동에 대해서 후회는 안 해요. 하지만 그 일이 있은 후 아버지께서는 선글라스를 쓰시더니 아직까지 벗지 않으세요. 더러운 세상이 싫다는 거예요. 남자는 힘없이 변명했다. 집안은 갑자기 찬물이 끼얹어진 듯 긴장감이 흘렀다. 지연은 뭐라고 대꾸할 말을 찾지 못한 채 화염이 스치고 지나간 폐허와 같은 그의 얼굴만 쳐다볼 뿐이었다. 가늘고 긴 목에 대롱대롱 매달려 있는 얼굴에서 의지가 번득이는 것 같기도 했고, 울음과 한숨이 박제된 채 굳어있는 것 같기도 했다. 이것 또한 나비효과인지도 모른다는 생각이 들었다. 조합원의 야유가 관리직원의 주먹질로 이어지면서 조합원 한 명이 쓰러졌고, 그 사건은 그의 분신으로 이어졌는지도 모른다. 패배자도 아름답게 변명할 수 있어야 하는데 그럴 경우 인간적이라는 말을 쓰는 것인지도 모른다고 그녀는 생각했다. 남자에게서 아직도 시너냄새가 나는 것만 같았다. 그의 몸에서 다시 맹렬한 불꽃이 타오르는 환상이 보였다.

남자의 집을 나와 다음 조사 대상 가구까지는 오 분도 채 걸리지 않았다. 조사원이라는 것을 밝혔음에도 문은 쉽게 열리지 않았다. 한참동안 말로 실랑이를 벌인 후에 문이 열렸다. 가구 구성원은 몇인가요? 지연은 집안에 들어서자마자 재빨리 자리를 잡고 물었다. 둘이우. 나하고 딸하구. 가구주인 중년 여자가 말했다. 지연은 한 치의 오차도 없이 반복되는 이 절차에 다소 절망감을 느끼면서 설문지에 볼펜으로 표시했다. 이 집에 들어오기 전

가볍게 말다툼하는 소리가 안쪽에서 들려왔었는데 아마도 중년 여인의 딸이 닫힌 방문 안쪽 어딘가에 있을 것 같았다. 집안은 사람이 사는 곳이라고 말하기 어려울 정도로 어질러져 있었다. 방금 전에 방문한 집과는 완전히 대조적이었다. 도둑이 왔다가 간 것 같지는 않았다. 정돈되지 않아도 신경 쓰지 않는, 흔히 주부들에게서 많이 볼 수 있다는, 우울증상의 하나인 차림새 증후군을 겪고 있는지도 몰랐다.

따님의 직업은 어떻게 되나요? 지연의 질문에 중년의 여인은 잠시 망설이더니 이야기를 꺼냈다. 우리 애가 학교 다닐 때는 무척 효녀였다우. 그런데 지방대학을 졸업해서 그런지 번번이 취업면접에서 낙방하더니 요즘에 와서는 신경이 무척 예민해진 상태라우. 자꾸만 다른 사람을 만나는 것을 두려워해서 외출할 때에는 모자하고 목도리로 얼굴을 숨기고 다닌다우. 한번 병원에 데리고 가보시는 게 어떻겠어요? 지연은 이렇게 말하고 중년 여인을 쳐다보다가 순간 멈칫했다. 호의에서 한 말이었는데 중년 여인의 얼굴에는 적의가 가득했다. 우리 아이가 정신병이라도 걸렸다는 거유? 우리 아이는 그런 애 아니라우. 중년 여인이 앙칼지게 대꾸했다. 순간, 지연의 눈에 중년 여인의 얼굴에 선명하게 그어진 상처자국과 그 위로 검은 딱지가 앉아있는 것이 보였다. 분명 누군가에게 꼬집혔거나 두들겨 맞았을지도 몰랐다. 그런데 그게 전부가 아니었다. 무심코 보았던 중년 여인의 억척같은 손에는 옹이처럼 박혀있는 상처가 많았다. 뭔가 이상하다는 생각에 더 자세하게 손을 살피려고 하자 중년 여인은 지연의 눈길을 느꼈는지 손바닥을 오므리더니 자신의 등 뒤로 감추었다.

지연은 숨을 내쉰 다음 물었다. 여기로 이사 온 건 언제쯤이죠? 중년 여인은 한참동안 대답이 없다가 그녀를 쳐다보면서 놀랬다. 방금 뭐라고 했우? 중년 여인은 마치 잠에서 깨어나듯 물었다. 여기로 이사 온지 얼마나 되었는지 물었거든요. 삼년이우. 기어들어가는 대답을 들으면서 중년여인의 머리를 무심코 보던 지연은 자신도 모르게 소리를 지를 뻔했다. 숱이 많지 않은 머리카락 사이로 깊은 상처가 눈에 띄었기 때문이었다. 원인이야 알 수 없지만 어딘가에 부딪히며 큰 충격을 받았을 것 같았다.

지연이 다음 질문을 던지려는 순간, 거칠게 방문이 열리더니 한 여자가 거실로 나왔다. 그녀의 딸인 모양이었다. 그녀가 등장하자 중년 여인의 표정이 굳어지면서 겁에 질린 표정으로 변했다. 여자는 중연 여인의 말대로 머리는 후드를 쓴 상태인대다가 얼굴의 반 이상 목도리로 가린 상태였다. 한눈에 보기에도 정상은 아닌 것 같았다. 여자가 얼굴을 휘감았던 목도리를 벗더니 지연과 중년 여인을 번갈아가면서 적의에 찬 눈빛으로 노려보았다. 딸이 죽어가고 있는데 엄마는 이 여자하고 노닥거릴 시간이 있어. 그녀는 중년 여인을 향해 가래침을 뱉듯이 내뱉었다. 그리고 비틀거리며 거실을 서성였다. 몸부림치며 울부짖는 모습이 어제 포위망에 걸린 멧돼지의 경련과도 같았다. 그녀는 외마디 비명을 지르면서 난폭해졌고 손에 잡히는 대로 물건을 집어던졌다.

나 힘들단 말이야. 난 죽어가고 있는데 왜 아무도 신경 쓰지 않지. 나도 살고 싶단 말이야. 나에 대해 엄마는 도대체 뭘 알고 있어? 여자는 절규했다. 비명에 가까운 여자의 말은 마치 날카로운 드릴 날이 맹렬하게 돌아가는 듯했다. 그녀의 말이 맞는지도 몰랐다. 가족이란 이름 아래 같이 살고 있지만 얼마나 상대를 알 수 있을까. 그것은 지금은 헤어진 남편도 마찬가지일 것 같았다. 남편이 누구였는지 생각해보았으나 잘 생각나지 않았다. 부부란 가끔은 지금 그녀가 하고 있는 인구조사처럼 깊은 속내는 파악하지 못한 채 바람만 잡다가 끝나는 것인지도 모른다고 지연은 생각했다.

한없이 쓸 것만 같은 눈물을 쏟아대던 여자가 이번에

는 중년의 여인을 향해 다시 눈을 부라렸다. 그녀가 다가서자 중년 여인은 흠칫 놀라 몸을 떨었다. 중년의 여인이 딸을 진정시키려고 했으나 그녀는 중년 여인을 세게 뿌리쳤다. 그리고 뒤이어 휘청거리던 중년 여인이 갑자기 푹 꼬꾸라지고 말았다. 아마도 여자가 중년여인을 발로 찬 것 같았다. 여자는 쓰러진 중년 여인을 버려두고 그녀가 나왔던 방으로 다시 들어가 버렸다. 중년 여인의 몸 이곳저곳에 있는 상처는 다친 것이 아니라 딸에게 두들겨 맞아서 그런 것 같기도 했다. 지연이 이런 생각을 하는 동안 안에서 깨지고 부서지는 소리가 계속해서 들려왔다. 중년 여인은 배를 부여잡고 간신히 일어나 부서져라 닫힌 문을 두드렸다. 잠시 동안 정적이 흘렀다. 중년 여인은 부르르 떠는 손으로 급히 서랍을 열더니 열쇠를 꺼냈다.

안에서 자살이라도 했으면 어쩌우. 그러니 제발 ……. 중년여인은 지연에게 열쇠를 내밀면서 빨리 문을 열어달라고 애원했다. 중년여인의 갈색 동공은 두려움으로 확대되고 있었다. 지연은 부들부들 떨리는 손으로 열쇠 구멍을 찾아 열쇠를 꽂고 우측으로 돌렸다. 문을 열자 여자는 이불을 뒤집어쓴 채 쓰러져 있었다. 이불을 걷어내던 중년의 여인이 비명을 지르고 몸서리치며 머리를 감싸 쥐었다. 여자의 팔목 주변에는 피가 낭자했고 여자는 사력을 다해 몸을 떨고 있었다. 이미 동공이 풀린 그녀의 모양새는 세상을 향해 좌절의 진면목을 시위하듯 보여주고 있는 것 같았다. 약간은 검은 빛이 도는 피는 체했을 때 손가락을 따면 나오는 검붉은 색깔을 띠고 있었다. 이런 방법으로 여자는 스스로를 풀어줄 수밖에 없었는지도 모른다는 생각이 들었다.

119대원들이 와서 여자를 급하게 싣고 나가자 지연은 집을 나왔다. 어스름이 내리고 있었다. 피를 보아서 그런지 아주 힘든 수술을 마치고 난 의사처럼 피로감이 몰려왔다. 발에 힘을 주었지만 자꾸만 휘청거렸다. 어제 티브이에서 보았던, 피를 줄줄 흘린 채 죽은 멧돼지가 눈에 자꾸만 달려드는 것처럼 아른거렸다. 포위망에 갇힌 것은 비단 멧돼지만이 아니라 그녀 또한 그 누군가에게 포획당해 추방당할 수밖에 없는 존재라는 생각이 들었다. 그녀의 팔뚝에 맺혔던 핏방울이 그녀의 얼굴을 타고 흘러내려 바닥에 뚝뚝 떨어지는 소리가 들리는 듯 했다.

어떻게 왔는지도 모르게 바삐 걷다가 정신을 차려보니 집으로 뻗어있는 큰 도로 위였다. 그녀는 집으로 가기 위해 오른쪽으로 방향을 틀었다. 다시 그 지점이었다. 매번 그렇지만 이곳에서 방향을 틀 때마다 숨이 막혔다. 비록 길 하나 차이지만 눈을 돌리면 전혀 다른 세상이 펼쳐졌다. 밝고 화려한 길이 끊어지고 전등마저도 몇 개 밝히지 않은 상태인데다가, 희미한 가로등 불빛마저 여기 사는 사람들의 거세된 꿈처럼 멀리가지 못하고 맥없이 자꾸만 추락했다. 그때마다 자신이 주류 집단으로부터 추방당한 채 정처 없이 떠도는 나그네가 같다는 생각이 드는, 그러지 않으려고 노력해도 숨이 가파지고 누군가 그녀를 덮칠 것만 같은 착각에 빠지는, 피가 흐르지 않는 것 같고 식은 땀이 흐르고 자신도 모르게 공포에 떨게 되는, 그런 섬뜩함 기분을 느끼는 곳이 바로 이곳이었다. 게다가 어디선가 시대에 적응하지 못하고 익사하는 사람들의 비명 소리와 함께 그림자 향내 같은 것이 맡아지기도 했다. 그녀는 발걸음을 멈춘 다음 숨을 크게 내뿜었다. 그러자 그녀의 몸 안에서 기생충처럼 우글거리던 모든 것들이 끄집어내어지고, 해독제로 몸의 구석구석을 닦아낸 기분이 들었다.

지연은 숨을 참았다. 날숨을 통해 가슴속의 모든 외로움과 두려움을 길게 내뿜은 다음 숨을 멈추어 버리자 이전의 세상과는 다른 세상이 펼쳐지는 기분이 들었다. 날숨을 통해 코를 타고 빨려 들어올 것처럼 위태하게 보였던 세상의 온갖 두려움, 신산함, 오염된 세상이 방화벽이 내려진 것처럼 차단되는 것이었다. 대신 긴 잠에서 깨어난 어떤 숨결이 느껴지는 것 같기도 했다. 어쩌면 이 순간만은 외부로부터 철저하게 봉인이 된 것 같은 안도감마저 느껴졌다.

숨을 멈춘 그녀는 빠르게 걷기 시작했다. 숨이 차고, 다리가 떨리고, 목이 따끔거리면서 피가 역류하듯이 어지럽기도 했다. 그렇게 한참을 바삐 걷다가 멈추자 요란하고 깜깜한 세상이 커다란 진공상태로 변해버린 것 같았다.

여기가 어디지? 고개를 들고 주변을 두리번거리던 지연은 비로소 눈앞에 몸을 숨길만한 작은 틈새를 본 것 같기도 했다. 그 공간은 어린 시절 숨바꼭질을 할 때마다 숨었던 장독대 뒤에 있는 은밀한 곳이었다. 그때는 그래도 세상이 공평하다고 생각하던 때였는데 ……. 그것을 확인하는 순간, 어떤 따뜻한 손이 그녀를 쓰다듬는 것 같은 느낌이 들면서 지금까지 미처 감촉하지 못했던 것들이 깨어나 꿈틀거리는 것 같은 전율이 느껴졌다. 그리고 세상이 무시무시하고 부리부리한 눈을 치켜뜨면서 금방이라도 덮칠 것처럼 도열해 있는 그 사이로, 숨구멍처럼 작게 뚫려있는 틈새로 시간이 역행하는 듯했다.

4장

삼합
三合

삼합三合

병원에 있는 그의 아내, 효경으로부터 전화가 걸려온 것은 새벽 세 시쯤이었다. 갈치잠이나마 막 잠이 들려는 순간 그는 전화를 받은 것이었다.

"지금 빨리 좀 와."

효경의 목소리는 매우 다급하고 들썽거렸다. 그는 직감적으로 어머니의 임종이 임박했음을 느끼며 침대에서 일어났다. 약간의 현기증이 스치고 지나가면서 주변의 것들이 아질아질했다. 그는 중심을 잡지 못하고 비틀거리면서 간신히 잠바를 껴입었다. 바로 앞에 있는 화장대 거울이 구름발치에 있는 것 같았다. 거울에 투영된 얼굴은 부유하는 혼령 같기도 했고, 금방이라도 풀어질 듯한 먼지의 집합체 같기도 했다. 그동안 병간호하느라 잠이 부족해진 탓인 것 같았다. 그는 침대주변을 거듬거듬 치운 다음 옷가지 몇 개를 챙겼다.

병원에 도착하자 가녈가녈했던 효경은 사색이었다. 산소마스크를 쓴 그의 어머니는 거칠고 숨가쁜 황소숨을 통해 생명을 붙잡고 있었다. 하얀 시트는 백설처럼 보였고, 의식은 없는 뇌사상태에 빠진 어머니는 백설에 파묻혀진 썩은 진대나무 같았다. 가쁘게 숨을 몰아쉬는 동작은 생명체라고 시위하는 듯했다. 간신히 생명의 줄에 가 매달린 늙발의 몸뚱이는 한 마리의 짐승과 진배없었다. 이 모든 현상이 꿈속의 꿈, 현실로 바뀌기 직전 달갿가리의 끄트머리인지도 모른다는 생각을 하며 그는 어머니 손을 잡았다. 얄캉한 손에는 서러움의 덩어리처럼 굳은살이 박혀있었다. 눈 어리에서 죽음의 냄새가 났고, 팔의 이곳저곳에 있는 링거 주사바늘 자국은 아픔의 퇴적물 같았다. 벌려진 환자복 사이로 내비쳐진 아랫배에는 그가 태어날 때 했다던 제왕절개 수술부위가 선명했다. 호흡 할 때마다 가냘프게 흔들리는 아랫배는 바람 빠진 풍선과 같았다.

"피이옹."

달팽이처럼 말린 어머니의 혀 사이로 힘겨운 소리가 새어나왔다. 숨을 들이쉴 때마다 어둑발이 짙은 뺨이 경련을 일으켰다. 죽음은 늙판 어머니를 옥죄이고 있었지만 모진 생명은 끊어질 듯 이어지고 있었다. 그는 부글거리는 눈물을 참으며 힐끔 효경을 살폈다. 효경의 눈사부랭이가 눈물로 그렁했다. 젖어든 그 눈물의 의미는 무엇일까. 이제 어머니를 용서한 것일까. 그는 효경을 보면서 자문했다.

효경을 다시 만난 곳은 지금 그가 다니고 있는 회사에서였다. 대학 동아리 후배였던 효경이 그가 팀장으로 있는 팀의 팀원으로 발령을 받은 것이었다. 그동안 어머니는 그에게서 노총각 티가 나지 않게 하려고 유난히 신경썼다. 그는 어머니가 다려준 와이셔츠를 입었고, 어머니가 골라준 넥타이와 손수건을 가지고 나갔다. 어머니가 아내처럼 굴었기 때문에 어떤 때는 정말 아내인 것처럼 착각할 때도 있었다. 그해 봄, 예기치 못한 사건이 발생했다. 목욕탕 문을 잠그지 않고 자위하다가 그만 어머니에게 들킨 것이었다. 문을 연 어머니의 눈은 음부만큼 벌어졌다. 그가 자위에 몰입하게 된 것은 언젠가 학교에서 돌아왔다가 어머니가 목욕하는 모습을 우연찮게 목격한 후부터였다. 혼자 있게 되면 그 뒷모습이 늘 묵직하게 되새겨졌다. 그렇게 중학교 때부터 시작하게 된 자위는 한 번도 어머니에게 들킨 적이 없었던 것이다. 그는 문을 걸어 잠그고 어찌해야 할지 몰라 손톱여물을 썰었다. 문을 두들기는 소리를 들으면서 결단을 내려야만 했다. 그가 고개를 푹 숙이고 나오자 어머니는 그의 어깨를 어루만지며 힘담 없는 목소리로 말했다.

"그동안 그렇게 힘들어 불었냐? 허긴 너도 서른이 넘었으니……."

그 후, 어머니는 그의 욕망의 크기를 인식했는지 갑자기 결혼을 서두르기 시작했다. 선볼 여자를 앞장서서 물색하러 다녔고, 선을 볼 때마다 빠짐없이 약속 장소에 얼굴을 내밀었다. 그리고 날실을 조절하는 가리새처럼 그의 앞에 앉은 상대여자를 참견했다. 어머니의 소통이에 흡족한 여자는 한사람도 없었다. 웃을 때마다 잇몸이 다 들어난다는 것부터 시작해서, 코에 흉하게 점이 있다든지, 목소리가 새청맞다는 게 마음에 들지 않는 이유였다. 다섯 번째로 선본 쭉신한 여자마저 트집을 잡자 그는 어머니의 진의에 의구심마저 들었다. 그는 어머니의 의중을 간파하고 실망감을 감추기 위해 사무실에서 늦게까지 일만 했다.

"선배님은 왜 혼자서 식사하세요?"

언젠가 사무실에 혼자 저녁을 먹는 모습을 보았는지 효경은 심각하게 물었다. 깐깐오월이 시작되는 즈음이었다. 효경이 팀원으로 온지 한 달이 되어가는 때이기도 했다.

"혼자서 식사하는 게 습관이 되어서 …… 편하기도 하고 …… ."

"혼자서 무슨 맛으로 식사를 해요. 그러지 말고 이제 저하고 같이 해요."

효경은 그의 허락을 얻지도 않고 야근하는 날이면 도시락을 싸가지고 왔다. 효경은 그의 세포 하나하나를 일으켜 세웠고, 그의 젊음에 엄습하는 운명적이고 무분별한 효경의 정열에 그는 마음이 달뭉했다. 효경의 당알지고 똑똑하며, 때로는 곰살 맞고 다정스러운 성품은 그를 그녀 앞으로 당겨주었다. 그러나 어머니의 심술이 만만치 않을 것이라는 예감에 그는 지레 겁먹을 수밖에 없었다.

"너 사귀는 색시가 있는 모양인디 …… 집에 한번 놀러 오라고 해불어라."

어느 날, 어머니는 정색하고 말했다. 그는 어지럼증을 느꼈다. 나중에 안 일이지만 어머니는 그에게 걸려온 전화까지 신경을 곤두세우며 체크하고 있었던 것이었다. 어머니는 여자를 집으로 빨리 데려오라 성화였다. 그해 가을, 효경은 집으로 초대되었다. 어머니는 귀한 손님이니 대접을 잘해야 한다면서 아침부터 음식을 장만하느라 극성을 떨었다. 무를 냉장고에서 꺼내어 익숙한 솜씨로 나박바박 썰었고, 무 썰기를 마치자 고추와 대파를 어슷하게 썰어서 한쪽에 모아둔 다음 고기를 손보았다. 돼지고기와 쇠고기를 엇갈리게 꿰어 길게 끼운 다음 지졌고, 그 중 일부에다가 밀가루 달걀옷을 입혀 큼직하게 지져서 누름적을 만들기도 했다. 또한 냄비에 아롱사태를 넣고 통양파, 통마늘, 생강, 된장, 대파, 청양고추를 넣더니 고기가 잠길 정도로 물을 붓고 서너 시간동안 푹 쪄댔다. 수육이 익어가는 동안 어머니가 항아리에서 누런 밀가루 포대 종이와 지푸라기를 들춰내며 조심스레 꺼낸 것은 시커멓게 생긴 길쭉한 것이었다. 홍어 반 마리를 손질하여 결대로 길게 썰어 항아리에 지푸라기와 같이 넣고 삭힌 것이었다. 그가 궁금한 표정으로 힐끗 보자 어머니는 생긋 웃으면서 말했다.

"귀한 손님 오면 줄려고 이걸 아껴놨당께."

저녁때가 되자 효경은 우아하고 세련된 옷차림으로 찾아왔다. 명목상 초대였지만 속셈은 다른 곳에 있었는지 어머니는 언턱거리를 잡으려 효경을 마슬러 보느라 눈을 떼지 않았고, 가끔은 미심쩍은 표정으로 고개를 갸우뚱했다. 아니나 다를까 효경을 집까지 바래다주고 집으로 돌아왔을 때 어머니는 그를 기다리고 있다가 입을 열었다.

" 그 여자와 결혼해 불라고 그라냐?"

그는 긴장된 마음으로 소파에 앉은 채 어머니를 바라보았다.

" 뭐 …… 잘못되었나요."

예상대로 어머니는 효경에 대한 생트집을 잡기 시작했다. 눈자위가 그늘진 것을 보면 속이 의뭉할 것 같다느니, 눈초리가 치켜 올라간 게 남자 기를 못 펴게 할 것이라느니, 너무 쌀쌀해 보인다는 등 조목조목 일사천리로 쏟아냈다. 무엇보다도 결정적으로 어머니의 심기를 건드린 것은 홍어를 대하는 효경의 태도였다.

"그 귀한 홍어를 입에 대지도 않는 여자가 어찌 우리 집 식구가 되불것냐?"

어머니는 미간을 찌푸렸다. 어머니가 정성을 다해 쪄낸 돼지고기 수육처럼 나근나근하지 못한 효경이 이래저래 못마땅한 모양이었다.

"마음에 안 들어 하실 만해요."

그가 솔직하게 전후 사정 이야기를 하자 효경은 담담하게 말했다. 이미 짐작했다는 표정이었다. 효경은 어머니가 과부라는 흠이 유난히 가슴에 걸렸다고 했다. 고아인 그녀로서는 새로운 부모님을 만날 수 있게 되기를 소원했다고 속마음을 털어 놓았다.

"쉽지는 않을 거라 생각했어요. 그러나 피하지 말아요.

전 선배의 모든 것을 다 사랑할 수 있어요. 외로움과 아픔까지도 …….”

효경은 그를 놓아주지 않았고, 어머니는 더 이상 정들기 전에 헤어지라고 엄포를 놓았다. 그는 안짱걸음을 걷듯 효경과 비밀리에 만나기 시작했다. 그러나 비밀은 오래가지 못했다. 어머니는 배신감에 까무러칠 정도로 충격을 받은 모양이지만 원인을 효경에게로 귀결시켰다. 여북하면 여자의 말에 솔깃 넘어갔겠느냐며 못마땅해 했다.

“그 여자에 대한 것은 없었던 것으로 쳐 불자.”

어느 날, 어머니는 단도직입적으로 그에게 말했다.

“그게 말처럼 쉽지 않아요.”

“혹시 그 여자랑 사고 쳐 불었냐?”

“사고는요 …… 제가 어린앤가요. 여하튼 제가 알아서 할게요.”

그는 어머니 말이 끝나기도 전에 방으로 들어와 버렸다. 어머니도 언제까지 반대할 수만은 없다고 체념하는 것 같았다. 속으로 신음할망정 겉으로는 침착성을 잃지 않고 효경을 관찰하는 듯했다. 그러나 효경의 거의 모든 조건들이 어머니 눈에 들어올 리 없었다. 고분고분하지도 않는데다가 근간이 불확실한 효경이가 어머니는 이래저래 마땅찮은 것 같았다. 어머니는 그에게 실망과 분노를 느끼는 만큼 둘 사이를 갈라놓지 못해 안달이었고, 날이 갈수록 말이 모질어졌다. 말뿐 아니라 눈길도 오만 정이 다 떨어지도록 냉랭해졌다. 표독을 떨던 어머니는 나중에는 그를 달래보기까지 했다.

"어떻게 니가 이럴 수 있다냐. 지금은 콩깍지가 씌어서 그런 모양이지만 이게 아니여."

"어머니, 지금까지 어머니 말씀 거역한적 없었잖아요. 이번에는 딱 한 번만 저의 뜻을 따라주세요."

"에미가 이리 애원한다. 넌 앞길이 구만리여. 그런 놈이 이렇게 경솔해서 쓰겄냐?"

그러자 그는 어머니를 난생 처음 노려보았다. 그의 눈은 어머니를 둘러싸고 있는 모든 공간, 모든 과거의 세월과도 동시에 겨눈 셈이었다. 빨랫줄처럼 뻗어가는 그의 눈초리에 어머니는 당황하는 기색이 역력했다. 얼마 있지 않아 어머니는 사시나무처럼 떨기 시작하더니 혼절하고 말았다. 그럼에도 그는 물러서지 않았다. 그리하여 한 달 만에 그는 효경과 결혼하고 말았던 것이다. 어머니에게 반항이라도 하듯 해치우고 만 것이다.

결혼 후, 효경의 등장은 가히 혁명과 비교될 만했다. 달포해포 써온 침대커버며 커튼은 버려졌고, 지물지물한 옷들도 그냥 넘어가는 법이 없었다. 서랍에 있던 잡동사니가 하루 사이 사라지기도 했다. 효경은 집안에 새로운 질서를 부여했던 것이다. 그러나 질서는 그리 오래가지 못했다. 그 다음해 봄부터 시작된 고부간의 살피싸움은 질기고도 고달팠다. 집안에는 불측지연의 그림자가 드리웠고, 두 사람의 신경전은 여름 내내 줄창졌다. 더 없이 좋은 두 사람이 만나기만 하면 악랄해지는 게 그로서는 이해하기 힘들었다.

"어머님은 겉으로 보기에는 정 많고 선한분이야. 허나 속에는 얼마나 이기심과 허영이 가득 차 있는지 알기나 해?"

언젠가, 효경은 그를 나지리 보면서 말을 시작했다. 말하는 효경에게서 고단하고 짜증이 배인 냄새가 흘러나왔다.

"어머니가 적당히 유별나야지. 난 답답하면 속으로 못 참는 성미라는 거 당신도 알잖아."

가끔씩 효경이 할개눈을 할 때면 눈에서 파란 불꽃이 튀었다. 그때마다 그는 날카로운 가시에 찔린 듯 전율마저 느꼈다.

모래시계의 모래가 병목구간을 빠져나올 때처럼 어머니는 부르르 떨었다. 벌써 몇 시간째 거친 숨을 몰아쉬고 있는 중이었다. 차츰차츰 박제가 되어가고 있다고 그는 생각했다. 몸에 남은 마지막 수분이 말라가고 있었으며, 찻잔에 담가진 티백처럼 거의 모든 것이 다 우러나온 것 같았다.

그는 어머니의 손을 힘주어 잡았다. 순간, 그는 목구멍이 칼로 긋는 것처럼 고통스러웠다. 목구멍에서 뭔가 빠져나오려고 그러는 것 같았다. 종말은 이렇게도 허거픈 것이라는 생각에 그는 허탈해졌다.

날이 새려는지 창밖이 희붓해졌다. 병원 밖은 사람살이가 바쁘게 돌아갔지만 병원은 더할 나위 없이 한적했다. 노인병원이라는 특성 때문에 대부분의 환자는 치매 같은 노인병을 가지고 있었다. 노인들은 멍하니 있거나 천천히 걷거나 누워있을 뿐이었다. 유리 하나를 경계로 안과 밖이 확연하게 다른 세계가 펼쳐지고 있었다.

그해 봄, 어머니는 자주 병치레를 했다. 그때마다 효경의 반응은 냉담했다.

"당신은 어머니가 편찮으시다는데 아무렇지도 않아?"

그는 효경에게 서운하다는 감정을 표현했다.

"편찮으신 것이 아니라 나를 떠보려고 그런 거야. 내가 속을 것 같아."

효경은 어머니가 몸져눕는 것은 다분히 정략적인 것이라고 단정했다. 그러나 어머니는 조금씩 이상한 행동을 했었고, 그런 변화를 효경은 귀신같이 눈치 챘다.

"이제 큰일 났어."

"그만한 일로 왜 호들갑이야?"

"두고 봐. 지금 여유 부릴 때가 아니라는 것을 알게 될 테니까."

어머니의 미세한 변화는 효경의 눈마저 속이지는 못했다. 무언가 엄청난 것이 어머니에게 일어나고 있다는 것을 효경은 감지한 것이다. 그게 무언인지 상상하는 것만으로도 그는 소름이 돋았다. 그러나 혹시나, 하는 마음으로 받은 정밀검사 결과는 엄청났다. 뇌졸증으로 인한 알츠하이머병이었다.

"날이 갈수록 이상한 행동을 보일 겁니다. 뇌기능을 점차 잃어가는 거지요. 시간이 갈수록 많은 뇌세포가 죽어갈 겁니다."

의사는 병이 더 진행되면 기억력상실이 심해지고, 말기에는 걷지도 못하게 되고 접촉 감각도 완전히 상실하게 되어 결국 죽게 된다고 무표정하게 설명했다. 게다가 치료는 병의 진행속도를 늦추어 주는 정도라면서, 이런 현실을 회피하려고 하지 말고 담담하게 받아들이라고 했다.

그 다음해 여름, 어머니는 병원에 입원했고, 그는 병원으로 출퇴근했다. 날씨는 무덥고 끈끈했으며, 침대에는 진물이 흘렀고, 피부 이곳저곳에서는 욕창으로 지벅거렸다. 어머니는 대부분의 시간을 침대에 누워 지냈다. 의사의 말대로 병세는 날이 갈수록 악화되었다. 요실금을 앓은 것처럼 어머니의 기억은 찔끔거렸다. 그는 어머니 꿈을 자주 꾸었다. 어머니는 난초를 특히 좋아했는데, 어머니를 따라 가보면 그 곳에 피어있는 난초들은 너른 하고, 질번하고, 울창했다.

그의 어머니는 가끔 울었다. 어머니의 울음이 효경의 무관심과 포개질 때마다 그는 절망했다. 정신이 잠깐 돌아오는 사이사이에 어머니는 과거의 이불 속을 뒹굴고 있었다. 잠깐씩 나타나는 기억들이 그에게는 낯설었다. 주치의는 가끔씩 어머니의 MRI 사진을 보여주면서 희뿌연하게 보이는 부분이 죽은 뇌세포라고 설명했다. 주치의의 소리는 대부분 무덤덤했고, 언제부터인지 주치의와 그는 그다지 도움이 되지 않는 대화를 주고받는 사이가 되고 말았다.

"밖에 나가서 바람 좀 쐬고 와요?"

그의 등 뒤에서 어머니를 지켜보던 효경이 말했다. 그

는 고개를 끄덕이고 바람을 쐬기 위해 병원 밖으로 나왔다. 태양이 중천에 떠올랐지만 바람은 아직도 깨어나지 않은 상태였다. 담배 한 대를 피우고 그가 병실로 돌아오자 어머니의 입술이 경련을 일으키고 있었다. 그 모습은 바람에 나부끼는 깃발처럼 보이기도 했지만, 죽어버린 혼을 불러내듯 누군가를 애절하게 부르는 것 같기도 했다. 어머니의 가슴에서 부화를 기다리던 언어들은 깨어나지 못했고, 어머니가 끝내 하고 싶었던 말들이나, 말로 표현되기를 갈구하는 원망과 회한은 가슴에 남아있을 뿐 입으로 나오지 못하는 것 같았다.

경련으로 인해 환자복의 단추가 풀리면서 어머니의 젖가슴이 삐져나왔다. 어머니는 5살이 될 때까지 그를 젖으로 키웠다는 사실을 자랑스럽게 말했었다. 이제 그 생명의 젖줄인 젖가슴도 사막처럼 말라붙어 있었다. 유두는 철 지난 건포도처럼 건조한 상태였다.

환자복의 하의가 젖어있어서 그는 기저귀를 갈기 위해 어머니의 옷을 벗겼다. 치모는 오랜 가뭄에 타들어가는 잡풀처럼 메말라 보였다. 폐광이 된 동굴 입구와도 같은 음부는 어머니의 일부가 아닌 것처럼 낯설었다. 음모는 동굴에 낀 이끼처럼 음험했고, 화마가 스치고 지나간 것처럼 황량했다. 황량한 것은 음모만이 아니었다. 어머니의 몸에서 풍기는 진한 비린내로 인해 어머니는 부패하고 있는 한 마리의 물고기처럼 느껴졌다.

기저귀를 갈고 난 그는 어머니와 효경, 두 사람을 번갈아 바라보았다. 그에게 기억되는 두 개의 얼굴, 그건 두 개의 증오였다. 가정생활은 들뜸이 아닌 들뜸의 흉내였고, 믿음이 아닌 믿음의 가식이었다. 효경이나 어머니는 그의 마음속에서 두 개의 축을 형성했다. 어머니는 고향생각이 난다면서 홍어를 좋아했고, 효경은 홍어만 보면 비위가 상한다고 헛구역질을 했다. 겉절이를 좋아하는 효경은 묵은 김치만 번번이 고집하는 어머니에게 불만이 많은 것 같았다. 꿈에서 창문 두드리는 소리가 나서 열어보면 뜻밖에도 어머니인 경우가 많았다. 그는 맨발로 뛰어나가 어머니의 손을 잡고 싶었지만, 그때마다 누군가 그의 발을 잡고 늘어졌다. 돌아보면 효경이었다. 이런 악몽에 시달리면 불안한 마음이 피둥피둥 커지고, 가슴 속에서 따끔따끔한 아픔이 출렁였다. 그는 이중적인 자신이 메스꺼워 울컥 토해내고 싶은 마음이 자주 들었다. 어떤 때는 그의 허파에 들러붙은 어머니를 토하고 싶었고, 어떤 때는 그의 심장에 들러붙은 효경을 토하고 싶었다. 어머니와 효경이 충돌할 때마다 그의 마음은 저글링을 하는 것처럼 허공에 떠 있다가 효경과 어머니의 마음에 번갈아가며 머물렀다.

원망이 응결점(凝結點)에 도달한 효경이 가출한 것은 그 후 몇 달이 지나서였다. 텅 빈 자리에 서서 그는 효경의 고통을 생각했고, 효경의 지겨움을 생각했다. 그러나 순간, 이제껏 미처 발견하지 못한 또 하나의 고독을 감지했다. 바로 어머니의 고독이었다. 아, 그렇구나. 어머니도 아버지가 떠나자 이렇게 허전함을 느꼈을 거야, 하는 생각이 밀려왔다. 처음으로 그는 어머니를 몸으로 느낄 수 있었다.

집 나간 효경을 돌아오게 한 것은 어머니의 병이었다. 어머니가 위중하다는 말을 그가 꺼내자 효경은 믿기지 않는다는 표정을 지었다. 한참 동안 의혹의 눈빛을 보내던 효경은 잠시 고민하더니 의아한 눈빛을 거두면서 결연한 표정으로 병원에 같이 가보자고 했다. 어머니를 보면서 승리자의 쾌감을 만끽하고자 함이었는지, 진정으로 측은해서 그런 것이었는지는 알 수 없었다.

그러나, 실신했다가 의식을 회복한 어머니의 상태는 점점 나빠지고 있었다. 어머니에 대한 검사 결과가 나올 때마다 효경은 닥쳐올 미래를 생각하며 치를 떨었다. 그런 효경의 우려는 몇 달이 되지 않아 현실로 나타났다. 선채로 오줌을 누는 어머니의 모습을 목격한 효경은 목놓아 절규했다.

"이제 날더러 어떻게 하란 애기야?"

어머니의 숨소리가 휘모리장단으로 바뀌었다. 어머니가 힘들게 숨 쉬는 것을 지켜보면서 그는 지금까지 살아오면서 가끔은 숨이 턱, 하고 막히는 순간이 있었음을 상기했다.

어머니가 이상한 징후를 보인 것은 그해 가을, 막새바람에 살살이 꽃이 한들거리는 때였다. 어머니는 베개를 만지작거리면서 아기가 자니 조용히 하라고 하기도 했고, 어떤 때는 아기에게 젖을 먹이지 않는다고 호통을 치기도 했다.

"난 다른 병은 참아도 치매는 싫어. 정말 깨끗하게 살다 죽고 싶어."

효경은 설움에 겨워 통곡했다. 통곡은 효경만 한 것은 아니었다. 어머니도 자주 울었다. 한밤중에 정적을 깨고 울리는 울음소리는 괴이함을 넘어서 두려움마저 주었다. 그 울음소리는 승냥이가 울어대는 듯, 고양이가 그르렁대는 듯, 날카로운 꼬챙이로 벽을 긁는 듯했다. 그 울음이 천 길 폭포 같았다면, 바위 사이를 굽이돌 듯 가슴 속 깊이에서 빠져나온 흐느낌은 듣는 사람의 피를 깡그리 말리어놓을 듯한 슬픔이 배어있었다. 어머니가 울다가 내뱉는 말들은 생존을 알리는 암호나 메시지 같았다.

눈꼽재기창으로 엿보는 것처럼 그는 어머니가 내뱉는 말들을 통해 불명확한 어머니의 세계를 유추해보려고 노력했다. 어머니의 통곡은 뼈가 녹아 흐르듯이 깊었고, 병원이 떠나갈 정도여서 병원에서도 난감한 모양이었다. 여러 번 제발 퇴원해 주었으면 좋겠다는 이야기를 자주했다. 어머니는 울 때만 힘이 넘쳤고, 다른 때는 서서히 죽어가고 있었다.

어머니에게서는 삭은 홍어 냄새가 났다. 비위가 유난히 약한 효경은 그때마다 냄새에 치를 떨었다. 냄새들은 저마다의 색깔로 치장하고 소리를 내며 꿈틀댔다. 냄새는 꺼이꺼이 울어댔고, 더러는 아우성치기도 했다. 냄새는 신산한 세월이 발효하면서 풍겨져 나온 것 같기도 했고, 시간에 의해 분해되는 유기체의 냄새 같기도 했다. 그 냄새가 삼투압처럼 혈관으로 몰려오면, 잊을만한 과거들이 고개를 쳐들고 핏줄 속에서 꿈틀거렸다.

어머니의 병세가 악화되자 효경은 직장을 그만두고 어머니 병시중을 시작했다. 어머니 병세가 심해지자 아이마저 이모 집에 맡긴 채 간호에 매달렸다. 약은 계속 투여되지만 병은 죽지 않았다. 어머니를 지켜보는 것은 그림자를 잡는 것처럼 부질없었고, 시간이 갈수록 그는 기진맥진했다. 어머니의 생각들은 매몰된 지층 밑의 유적이나 화석처럼 모호했고, 기억들은 연기처럼 아득했다.

어머니 호흡이 다시 가빠지자 효경은 간호사를 불러오겠다고 급히 병실을 나갔다. 잠시 후, 당직의와 간호사가 병실에 들이닥쳤다. 당직의는 심전도를 유심히 지켜보더니 강화제를 놓을 것인지 물었다. 만일 강화제를 투여한다면 몇 시간 정도는 생명을 연장할 수 있을 것이라고 했다. 그가 고개를 흔들자 심전도를 재는 기계가 날카롭게 경고음을 냈다. 순간, 어머니의 기운은 점차 잦아들더니 멈추었고, 얼굴에 떠 있던 고통스런 표정도 사라졌다. 심전도를 재는 기계가 날카롭게 삑삑거렸다. 어머니는 살아있는 것들과 그렇게 분리된 것이었다.

그는 어머니를 바라보면서 육체가 모래밭의 두꺼비집 같다고 생각했다. 두꺼비집처럼 부풀어 오른 배속에는 생명은 모두 빠져나가고 오로지 허공만 남은 것 같았다. 간호사가 열심히 기계를 마지막거리면서 호흡과 맥박 수치를 출력하기 시작했다. 사망진단서를 작성하기 위한 근거자료로 활용하기 위한 것 같았다. 잠시 후, 간호사가 연락을 했는지 마스크를 한 병원직원들이 병실로 들이닥쳤다. 시체를 매만지는 병원직원들의 얼굴은 무표정했다.

어머니 영정 사진을 찾아보려고 그는 집으로 돌아왔다. 안방 문을 열려는 순간, 그의 눈에 베란다에 놓인 난초가 눈에 띄었다. 그는 베란다 쪽으로 걸음을 옮겼다. 까맣게 타버린 난초를 보고 있으려니 무언가 그의 등 뒤로 실체의 덩어리처럼 훅, 하고 나타났다. 어머니였다. 어머니의 허상이라는 것을 알면서도 그는 현실보다도 더 실감나게 어머니를 느낄 수 있었다.

"얘, 이리 좀 와 볼래."

언젠가 어머니는 달뜬 목소리로 소리쳤다. 그는 무슨 큰일이라도 났나싶어 달려갔다. 거기에는 난초가 꽃을 머금고 아름다운 자태를 드러내고 있었다.

"어쩜 이렇게 예쁘기도 하다냐?"

가실 볕을 받아가며 어머니는 넋을 잃고 피어난 난을 정신없이 쓰다듬으며 먼 하늘을 보고 있었다. 어머니의 눈동자에 차일구름이 흩어지고 있었다. 어머니 눈 속에 가을이 담겨져 있었다.

어머니는 적적한 마음에 소일거리 삼아 난을 키웠기에, 그는 어머니가 병원에 가 있는 동안 난에 정성을 기울였다. 난초의 잎 뒤에는 밀리 벅이라는 조그마한 해충이 붙어서 난초의 기운을 뱉어갔다. 그는 영양제를 물에 타서 같이 주었고, 살충제를 정기적으로 뿌려주었다. 그러나 어머니의 기력이 약해지는 것과 비례하여 난도 기력을 찾지 못했다. 어쩌면 주인의 사랑을 받지 못해 그럴 것이라고 그는 짐작했다.

"참 이상해. 어머니가 집에 안 계시는 동안 난이 기력을 못 찾아. 내가 이렇게 신경을 쓰는데도 말이야."

그는 아내에게 하소연을 하듯이 말했다.

"당신 정성이 부족해서 그런 거 아냐."

효경은 대수롭지 않게 말했다.

기력이 점차 약해지던 난은 결국 죽고 말았다. 그는 난이 왜 죽었는지 참으로 알 수 없었다. 너무 물을 많이 주면 썩는 경우도 있다지만 이토록 시커멓게 타들어 갈 리 만무했던 것이다.

그가 영정사진을 가지고 병원으로 다시 돌아오자 병원 부속 영안실에는 문상객을 맞을 준비가 거의 끝나가고 있는 상태였다. 이미 연락을 받은 문상객 몇 명이 조문을 기다리고 있었다. 저녁 시간이 되자 문상객은 더 늘어났다. 하루 종일 조문을 받느라 정신이 없었던 그는 자정이 넘어가자 비로소 여유를 가졌다. 밤 12시가 넘자 빈소에는 조문객이 아무도 없었다. 자정 이후에는 문상을 제한하는 영안실 규정에 따라 조문객들이 자진해서 모두 나갔으므로 편히 쉴 수 있는 시간이었다. 그는 빈소 옆에 있는 접견실에 누웠다. 좀 자고 싶었지만 잠은 오지 않았다.

다시 돌아눕는 순간, 어디선가 분뇨냄새가 흘러 들어왔다. 냄새는 우렷하게 정처를 드러냈다. 문상 온 손님들을 접대하고 남은 삭은 홍어에서 풍겨오는 것 같기도 했다.

언젠가 어머니는 삼합(三合)을 사주겠다고 가족을 끌고 갔던 기억이 났다. 예술의 전당 뒤편에 위치한, 홍어 요리에 손맛깔이 있는 유명한 집이었다. 효경은 음식점에 들어서는 순간 코를 감싸 쥐었다.

"화장실 냄새가 나는 것 같아."

이렇게 말하던 효경은 홍어 요리가 나오자 급기야 토하기까지 했다. 음식에서도 효경과 어머니는 엇갈렸다.

그런데, 분뇨 냄새로 인해 이번에는 아픈 과거가 일어서고 있었다. 중학교시절의 어두운 시간들이 그를 따라와 있었던 것이다. 아련하고 어두운 기억들은 퇴적된 지층처럼 견고해졌다. 학창시절의 저뭇해진 기억은 꿈속처럼 이룽이룽하지만 화장실에 대한 기억만은 온몸이 부르르 떨리도록 오래 머물렀다.

어머니가 서울로 이사 가겠다고 고집을 부렸을 때 어린 그는 이유를 알지 못했다. 그는 가지 않겠다고 고집을 부렸고, 어머니는 서울에서 누리게 될 여러 혜택을 나열하며 그를 설득했다. 어머니가 억척을 부려가면서 서울로 가고자 했던 것은 아버지 때문이라는 것을 어느 정도 크고 나서야 그는 깨달았다. 서울의 꿈은 첫날부터 무너지고 말았다. 담임 선생님이 교단에 선 그를 반 아이들에게 소개할 때였다. 소개를 마친 선생님은 갑자기 그더러 한마디 하라고 신호를 보냈다.

"그, 그랑께 앞으로 친하게 지냈으면 조, 좋겠당께요."

인사말이 끝나기도 전에 아이들의 낭연한 웃음소리가 교실을 흔들었다. 마치 그의 말에 웃음을 유발하는 성분이라도 들어있는 것처럼 아이들은 배꼽을 잡았다. 그렇게 시작된 서울 생활은 살얼음을 도두 밟는 것처럼 조심스러웠다. 심한 따돌림을 당했고, 놀림도 끈질겼다. 나중에야 그게 사투리 때문이라는 것을 그는 깨달았다. 그가 입을 벌리면 좋은 구경거리를 만난 것처럼 신기하게 쳐다보거나 웃었고 노골적으로 비아냥거리기도 했다. 그는 자연히 말수가 적어졌고, 질 나쁜 아이들의 먹잇감이 되기도 했다. 쉬는 시간 10분이 그로서는 견디기 힘든 시간이었다. 쉬는 시간이 되면 급한 요의를 느끼는 것처럼 부리나케 화장실로 도망쳤다. 그는 결삭은 냄새가 풍기는 곳에서 문을 걸어 잠그고 쉬는 시간이 끝나기를 기다렸다. 든든함을 기대했던 어머니는 그를 늘 목마르게 만들었다. 그는 점점 이상한 아이가 되어갔고, 견딜 수 없이 외로운 아이가 되어가고 있었다. 그러나 그렇게 힘들게 왔던 서울에서 정작 아버지를 만날 수는 없었다.

어머니 말에 따르면, 아버지는 결혼하고 얼마 되지 않아 다른 여자와 살림을 차렸다고 했다. 임신한 어머니가 그 사실을 알게 되었을 때 아버지는 가정을 꾸린 상태였고, 시간이 지나면서 슬하에 자녀도 2명으로 불어난 상태였다. 그럼에도 어머니는 아버지가 돌아올 것이라는 굳건한 신념을 가졌다.

"이 시상에는 우리 둘 뿐이여."

언젠가 어머니는 훌쩍이면서 이렇게 말한 적이 있었다.

"아빠도 있잖아."

"아빠는 죽었당께. 이제는 아빠 이야기는 꺼내지 말란 말이여."

이렇게 말하고 어머니는 갑자기 그를 껴안고 오열했다. 이미 아버지가 돌아올 수 없다는 것을 섬뜩하게 깨달은 모양이었다. 어떤 때는 예전과는 전혀 다른 태도로 지고도 윷지는 사람처럼 생떼를 부리며 아버지를 감싸기도 했다. 그러나 결국은 다음과 같이 말하면서 기대를 저버리지 말라고 으름장을 놓았다.

"난 니 하나 보고 살란다. 그랑께 엄마 실망시키면 안돼 불어야."

어머니는 효경을 어쩌면 첩으로 생각하고 있을지도 모른다고 그는 생각했다. 그의 조강지처는 효경이 아니라 어머니 자신이라고 생각하고, 그런 논리로 효경을 미워하는지도 몰랐다.

그해 여름, 효경은 어머니가 아이의 고추를 자꾸 만지려고 한다면서 강한 의문을 제기했다. 그 일 때문에 아이가 자지러지게 울곤 한다는 것이다.

"어머니가 이상하지 않아?"

"글쎄, 뭔가 착각을 하는 것 아닐까."

"착각? 아유 그나저나 누가 알까 정말 창피해 죽겠어."

효경은 주위를 두리번거리면서 조심스럽게 말했다. 그는 단순히 어머니가 뭔가를 착각한 것이라고 믿고 싶었다. 나이 든 어머니가 손자와 다투고, 손자를 못살게 군다는 것은 무척 자존심이 상하는 일이었다. 치매 걸린 어머니를 부양한다는 것은 마치 아이를 하나 더 키우는 것이었다. 그러나 아이는 시간이 가면 보람과 기쁨을 주지만, 어머니는 허탈만 키워주었다.

그렇게 생각하니 집히는 것이 있었다. 중학교 다니는 나이가 되도록 어머니는 그를 손수 목욕시켜주었다. 이미 음모가 돋아나기 시작한 나이였기에 그는 강하게 거절했으나 어머니는 고집을 꺾지 않았다. 그는 어머니 앞에서 옷을 벗을 때마다 민망하고 부끄러웠다. 가끔씩 어머니는 면구스럽게도 그의 고추를 열심히 보고 있기도 했다. 그때마다 비린 생선냄새가 풍겨져오면서 속이 메슥메슥했다. 아마도 손자를 어린 그와 착각하고 있는지도 몰랐다.

어머니의 증세는 날이 갈수록 더욱 심각해졌다. 그를 알아보지 못해 아저씨라고 불렀고, 효경은 아줌마라고 불렀다. 혼자 있을 때면 중얼중얼 거리면서 정처 없이 왔다 갔다 했다.

"아저씨, 난 빨리 집에 가야 돼."

언젠가, 어머니의 입에서 나온 말에 그는 등골이 오싹하는 느낌이 들었다. 무엇 때문에 집에 가야 하느냐고 묻자 아들이 학교 갔다 돌아올 때가 되었으니 밥하러 가야 한다고 말하는 것이 아닌가. 여기가 집이라고 못 가게 막자 어머니는 울상이 되어 인정사정없이 그를 때리기까지 했다. 때로는 그에게 개 같은 놈, 하고 거침없이 욕하기도 했다.

"도대체 뭐라고 하는 거예요?"

효경은 호기심 가득한 눈으로 물었다. 어머니의 말에 심각한 의미가 숨어있다고 생각하는지 효경은 그를 부추겼다.

"글쎄, 아무래도 이십 년 전 그때를 생각하는 모양이야."

그는 어머니가 아직도 그를 어린아이로 생각하고 있다고 생각했다. 어머니는 여전히 베개를 등에 업고 다녔다. 아직도 보태기에 싼 채로 다 큰 그를 등에서 내려놓지 않았던 것이다.

"난 치매 오기 전에 자살하고 말거야. 이렇게 추악한 삶은 살고 싶지 않아."

효경은 이런 철없는 어머니를 보면서 몰인정하게 이렇게 말하곤 했다.

"으흐흐흑, 흐윽."

어머니의 시신이 화장터의 소각로 바닥에 옮겨지는 것을 보면서 효경은 목 놓아 울었다. 효경의 울음소리를 멀리하면서 어머니는 고자누룩한 종말을 맞이하고 있었다. 소각로의 불길이 커질수록 어머니의 몸은 아슴아슴했고, 점점 멀어져갔다.

그는 대기석에 앉아 간간히 들리는 효경의 울음소리

를 들으면서 유골이 다 소각되기를 기다렸다. 기나긴 하루였다. 시간은 정지한 듯 더디었다. 아주 희미하게 살이 타는 냄새가 스며 나왔고, 냄새 속에서 떠올려지는 기억들은 어두운 저편의 일처럼 희미했다. 어머니의 육신은 한줌의 재가 될 것이고, 재속에는 시간의 자국도 싸움의 흔적도 없을 것이었다. 어머니의 소각은 예정보다 길어지고 있었다. 육신이 타는 동안 긴 꼬리를 끌면서 어머니의 호곡소리가 들렸다. 어머니의 골해를 삼킨 불꽃의 혀들이 날름거렸다. 모든 지체가 어머니로부터 아득해졌고, 멀리서 어머니가 기침하는 소리가 들렸다.

어머니의 유골을 납골당에 안치하고 집으로 돌아오자 집은 더욱 황량하게 느껴졌다. 그는 멍한 눈의 효경을 바라보면서 말했다.

"돌아가신 분은 돌아가신 분이고, 산 사람은 또 살아갈 방법을 찾아야하지 않겠어."

"……."

"뭐 먹고 싶은 음식 없어? 큰일 치렀으니 영양 보충을 좀 해야지.

"글쎄. 참 전에 어머니가 우리 데리고 갔었던 집 기억나?"

"어디?"

"삼합 맛있게 하는 집 말이야."

그는 의아한 눈빛으로 효경을 쳐다보았다. 묵은 김치와 돼지고기, 홍어를 함께 싸서 먹는 삼합을 비위에 맞지 않는다고 그토록 투정을 부리던 효경이 자진해서 삼합을 먹으러 가자고 했기 때문이었다. 그들은 희미한 기억을 더듬어 몇 번 헤매던 끝에 예술의 전당 뒤편골목에 위치한 삼합 잘하는 집을 겨우 찾을 수 있었다. 자리를 차지하기 위해 30분가량을 기다려서야 겨우 그들은 구석에 있는 자리 하나를 차지할 수 있었다. 종업원이 들고 온 큰 접시에는 양편으로 편육의 형태로 된 돼지고기와 홍어가 자리했고, 중앙에는 묵은 김치가 놓여 있었다.

"먹을 수 있겠어? 전에는 냄새 때문에 토했잖아."

"시도해 봐야지."

그는 투명한 오돌 뼈가 분홍빛 속살에 박힌 잘 삭힌 홍어를 초장에 슬쩍 찍었다. 그리고 아직 따뜻한 삶은 돼지고기에 홍어를 개어 얹고, 배추김치를 젓가락으로 집어서 다시 그 위에 올려놓고 싼 다음 한꺼번에 입안에 집어넣었다. 꼬들꼬들한 홍어가 오독오독 씹히고, 묵직한 돼지 수육이 쫄깃쫄깃하게 씹히고, 묵은 김치가 아삭아삭 씹혔다. 세 가지 재료는 입안에서 서로 뒤엉키고 들러붙었지만 찰지면서도 각각의 재료가 따로 씹혔다. 각각의 개별성에 찰기가 들어있어서 개성이 집단성을 훼손하지 않았고, 재료가 집단을 이루었다지만 개별적인 개성 또한 희미하게 깃들어 있었다. 그 합일된 맛은 세 가지의 개별적인 맛과는 전혀 다른 맛이었는데, 첫맛은 발랄해서 미각을 열어주었고, 점차 깊어지면서 촉각을 편안하게 해주었고, 삼키는 뒷맛은 더할 나위 없이 투명했다. 콧구멍을 뻥뻥 뚫어주는 냄새 때문에 그가 눈물을 찔끔거리면서 효경을 힐끔 보자 그녀도 그의 행동을 똑같이 따라하고 있었다.

"먹을 만 해?"

"맘먹고 먹으니 괜찮은데. 깊은 맛도 느껴지고."

그가 또 다시 입에 삼합을 넣자 입안에서는 홍어의 서늘한 맛이 돼지고기로 중화되고, 김치의 칼칼한 맛이 더해지는 매콤하고 들큼한 맛의 향연이 이어졌다. 삼합에는 단순하지만 풍부한 상징이 들어있었다. 부서졌다가 다시 세워지는 듯한, 지옥 같은 톡 쏨 뒤에 천국 같은 부드러움을 주는 듯한, 입안 구석구석을 찌르고 쏘면서도 한편 보듬는 듯한, 충돌과 감쌈의 어떤 상징이 있다고 그는 생각했다.

"당신에게 할 말이 있어. 난이 죽은 것은 당신 정성이 부족해서가 아니야."

삼합을 목안으로 넘기고 난후 효경이 갑자기 정색하면서 말했다.

"그게 무슨 소리야?"

"당신이 눈치 채지 못하도록 물을 줄때 내가 럭스를 조금씩 타서 난초에 뿌려서 그래."

효경의 헝겁스러움에 질겁한 그는 추궁하듯 소리쳤다.

"왜 그랬어?"

그의 날카로운 눈초리 때문이었는지 효경의 맑았던 얼굴이 먹구름 끼듯 흐려지기 시작했다.

"너무나 많이 어머니에게 당해서 그렇게 복수하지 않으면 못 견딜 것 같았어. 난은 어머님이 무척 아끼던 거였잖아."

"……."

"내가 생각해도 난 너무나 못됐어."

"……."

"이렇게 빨리 가실 줄 알았으면 좀 더 잘해드리는 건데…… 난 벌을 받아야 해. 어머니 없어졌으면 좋겠다고 몇 번이나 빌었어. 그리고……"

효경은 끝내 말을 잇지 못했다.

"너무 힘들어서 그랬을 거야. 그 얘긴 이젠 그만 하자."

"내가 왜 이리 변질되었는지 나도 모르겠어. 처음에는

안 그랬는데."

"어머니는 나에게는 참 좋으신 분이었는데 당신에게는 왜 못된 시어머니였을까. 그러나 이제 서로 화해했으면 좋겠어. 이제 어머니를 네 가슴에 받아들였으면 좋겠어."

그의 말에 삼합을 먹던 효경의 눈에 눈물이 그렁그렁했다. 그를 지긋이 바라보는 효경의 모습은 이미 격정의 기름이 다 빠져버린 돼지고기 수육처럼 쫀득거리고, 세월의 발효에 원망마저 묵묵히 삭아버린 묵은 김치처럼 초연해 보였다. 사람과 사람이 만나서 살아가는 동안 각자의 야성이 세월의 그릇 속에서 녹아지고 발효되지 않았다면 협동하는 맛은 우러나오지 못했을 것이었다. 맛이 깊어진 것은 아픔 속에 간직한 치열함이 그만큼 크다는 반증일 터였다. 이런 생각을 하며 효경을 바라보던 그는 삼합 한 점을 입안 가득히 다시 넣었다. 삼합에는 홍어의 톡 쏘는 듯한 어머니의 열정, 묵은 김치처럼 발효된 효경의 성숙함, 이미 원망의 기름이 빠져버린 돼지고기 수육 같은 그의 용서가 어우러져 서걱이는 바람에 그는 오래도록 우물거렸다. 홍어를 삭이지 않았다면, 돼지수육을 몇 시간을 쪄대지 않았다면, 묵은 김치에 발효가 충분하지 않았다면, 그리하여 화학적인 변곡점을 넘지 못했다면 그윽하고 절묘한 맛은 불가능했을 터였다. 순간,

지금까지 무심히 보았던 세상이 그의 눈에서 새롭게 열리는 느낌이 들었다.

5장

로제타스톤

로제타스톤

1

얼마 전 결혼식장에서 은경은 지훈을 만났다.

그 결혼식은 시내 모 호텔에서 치러진 시동생 혼례였다. 제법 잘 나가는 두 집안의 혼사인지라 하객들이 득시글거렸기에 은경은 음식을 나르느라 정신이 하나도 없었다. 그런 경황없는 중에 무심코 젊은 축하객들을 휘둘러보다 먼 거리에 있는 누군가와 얼굴이 마주쳤다. 일부러 보려고 본 얼굴은 아니었는데 남자는 낯익었다. 아무래도 괴이하다 싶어 은경은 고개를 갸웃하다가 다시 상대를 쳐다보았다. 상대방 남자의 얼굴에 잠깐 덴겁한 빛이 어렸다. 뒤이어 입 꼬리가 살짝 올라가며 미소가 퍼졌다.

멋쩍게 웃는 모습을 보니 확연하게 지훈이라는 것을 알 수 있었다. 그녀는 부리나케 다가가 조바심을 감추며 어떻게 여기를, 하는 표정으로 쳐다보았다. 그는 머리를 긁적이면서 눈대답을 하며 은경의 눈치를 살폈다. 아는 사람 결혼식이 있어서……. 그는 모기만한 소리로 그나마 말끝을 흐리며 머리를 긁적였다. 세상은 이리 꼼바른 것인가. 결혼식장에서 지훈을 만나다니. 그를 보자 아슴한 추억들이 섬처럼 드러나면서 발효된 기억이 발작처럼 가슴을 아리아리하게 만들었다.

짧은 시간동안 머릿속이 실타래를 펼친 것처럼 번잡해졌다. 그러나 한가하게 쇄담을 나눌 처지가 못 되었다. 어떤 말부터 물어야할지 주척주척하는 동안 먼저 입을 연 건 지훈이었다.

"나 지금 가봐야 하거든."

무슨 닦달 맞을 일이 있는지 지훈은 서둘렀다. 이렇게 만난 것이 전혀 반갑지 않은 듯 나무껍질처럼 메마른 목소리로 말했다.

"다, 다른 결혼식이 또 있어서 빨리 가 봐야 돼."

해명하는 그의 얼굴 형색은 빨리 벗어나고 싶어 하는 눈치였다.

"잠깐만. 연락처라도 하나 주고 가."

은경은 촉박하고 날카로운 목소리로 말했다. 지훈은 잠시 망설이다가 메모지를 꺼내어 휴대폰 전화번호를 적어 그녀에게 내밀었다. 지훈이 떠나고 나자 은경은 하객들 치다꺼리를 하느라 지훈을 만났다는 것도 잊어버린 채 발바닥이 무지각해질 정도로 부엽처럼 이리저리 쓸려 다녔다. 그러나 사람들이 썰물처럼 빠지자 다시 지훈의 얼굴이 그녀의 생각의 동산에 돋아났다. 어쩌면 밑바닥에서 수년간 묵어있던 감정이 꽃망울을 터트리듯 터지면서 지난날을 닦아세운 것이다.

살다보면 가끔은 정말로 기묘한 일이 발생하곤 했다. 지훈을 만나게 된 것도 그런 범주에 속했다. 그는 돌연히 은경에게 나타났고, 가지에 바람 불듯 떨림만 주고 소리 없이 또한 사라진 것이다. 은경은 혼자서 꿍기고 말 수만은 없어서 어떻게 뒷갈망을 해야 할지 망설임이 커졌다.

오랜만에 은경은 남편이 서재로 쓰고 있는 남편의 방문을 열었다. 이방에 들어온 것이 언제인지 기억마저 가뭇할 정도여서 은경은 스스로 생각하기에도 조금은 한심하다는 생각이 들 정도였다.

남편은 이집트에 해외출장 중이었다. 기하학에 관심

이 많은 그가 기하학의 발상지인 이집트를 가게 되었으니 그 희락은 무엇과도 비량할 바 못될 것이라고 그녀는 생각했다.

방의 불을 켜자 형광등이 한참동안 파르르 떨었고, 이어서 방안의 어둠을 삽시간에 몰아냈다. 방을 밝히는 것은 오로지 조그마한 스탠드뿐이었다. 남편이 떠나버린 방은 거미가 빠져나간 거미줄처럼 휑휑했다.

방은 갱지로 어질러져 있고 책은 이리저리 풍비했다. 좁은 방에는 사방이 모두 다 책으로 가득 차 있었다. 바닥에서 시작된 책은 마천루가 하늘을 향해 올라가듯 천장을 향해 쭉 뻗어있었고, 일부는 천장에 닿아 있었다. 대낮임에도 불구하고 불을 켜지 않는다면 한 치 앞도 분간하기 어려울 정도의 칠흑 상태였다. 게다가 책으로 가리는 것도 부족했던지 유일한 창문마저 검고 두꺼운 종이로 발라버린 상태였기 때문이다. 서재는 세상과 철저하게 단절된 공간인 셈이었다.

그녀는 애정을 가지고 쓰다듬듯 남편의 방을 휘둘러 보았으나 눈길이 머무는 곳마다 이국땅처럼 서름했다. 가끔씩 와보지만 책으로 둘러싸인 방은 언제나 이국땅처럼 낯설었다. 이런 생경함은 남편과 그녀와의 사이에 형성된 이질감과 유사했다.

남편은 수학과 교수였다. 남편 덕에 그녀는 끌밋끌밋한 강남의 중형 아파트에 살았다. 방은 세 칸이었지만 남편은 이 방에서 유물 같은 책들을 뒤적이며, 갱지에 수학 문제 같은 것을 풀면서 대부분의 시간을 보냈다. 휴일에 어쩌다 집에 있게 되더라도 남편은 달팽이처럼 웅크리고 있을 뿐, 좀처럼 방에서 나오지 않았다. 가끔 구부정한 자세로 화장실을 가느라 발길을 옮기는 굼뜬 행동을 보일 뿐이었다. 어떤 때는 조찬마저 넘기기 예사였다. 그녀에게 있어서 꿍겨박은 책이나 남편은 자리를 차지하는 하나의 장식품에 지마지 않았다. 그녀는 남편이 이 방에 있다는 사실을 잊어버리는 경우가 왕왕 있어서 남편은 가끔은 굶기도 했다. 그녀의 무성의함 때문인지 날이 갈수록 남편은 물을 안준 화초처럼 말라비틀어졌다. 언젠가는 베란다의 화초처럼 누렇게 변할 날이 머지않아 올지도 모른다는 생각이 들기도 했었다.

방은 냉기로 서늘졌고, 누렇게 변색된 책에서 풍기는 매캐한 냄새로 맵싸했다. 게다가 남편의 고유한 냄새로 추정되는 야릇한 냄새마저 버무려져 남편의 방에 오랫동안 있다 보면 서서히 박제로 변해가는 끔찍한 상상을 하기도 했었다.

이런 상상은 남편이 박제로 변해있지는 않을까, 하는

조바심을 주기도 했다. 불길함에 방문을 박차고 들어가 보면, 가끔씩 꾸벅잠을 자고 있거나, 그녀가 들어온 것도 알아차리지 못하고 열심히 무언가에 탐닉해 있곤 했다. 방안의 질곡을 즐기고 있는 듯했다.

"뭐 필요한 거 없어요?"

그녀의 인기척에 남편은 신기가 흐려진 퀭한 눈으로 그녀를 바라보기만 할 뿐이었다. 그러다가 내뱉는 말이라고는 시계추처럼 거의 일정했다.

"없어, 먼저 자."

가끔은 신기한 눈으로 남편을 관찰하던 때도 있었다. 남편의 행동은 일정했다. 열심히 갱지에 무언가를 쓰고, 일이 뜻대로 안 되는지 머리를 몇 번 쥐어박고, 또 다시 무언가를 쓰고, 그러다가 코를 킁킁거리고, 다시 무언가를 쓰고 …… 10분, 20분. 남편은 여전히 이런 동작을 반복했다. 그렇게 한 시간이 흘러가고 남편은 기지개를 펴려다가 옆에 은경이 있다는 사실에 소스라쳐서 놀랬다.

"당신 언제 왔어?"

그럴 때마다 남편이 그녀의 목을 비트는 듯하여 입에서 비명이 새나오려고 했다. 어쩌면 남편의 방에는 그녀가 끼일 자리가 남아있지 않은지도 몰랐다. 그의 생활 어디에도 은경이 개입할 자리는 없었다.

그럼에도 남편과 이야기를 나누려고 그녀는 방으로 들어가곤 했다. 그때마다 남편의 눈은 괴이쩍었고 쌀쌀하기까지 했다. 아니 적의마저 품고 있었다. 빨리 방에서 나가주기를 바라는 그런 눈빛이었다. 내쫓기듯 방에서 몇 번 나온 뒤로는 다시는 들어가지 않겠다고 다짐을 하기도 했지만 그런 결심은 그리 오래가지 못했다.

숫자로 표현한다면 과연 남편은 어떤 수일까?

잠 안 오는 밤, 그녀는 이런 생각을 하곤 했다. 그때 내린 결론은 자연수는 못되고 무리수 중 하나일 것 같다는 생각이 들기도 했다. 이런 생각을 하게 된 것은 언젠가 피타고라스학파에 대한 이야기를 여성잡지 책에서 읽은 적이 있었기 때문이었다. 세상에는 오로지 자연수만 존재한다고 믿는 피타고라스학파의 사람들에게는 무리수는 이해하기 힘든 수였다고 한다. 이처럼 남편은 해석이 안 되는 하나의 무리수일 수밖에 없었다.

가끔씩 남편의 방에 들어가면 여러 종류의 낙필이 굴러다녔다. 언젠가는 이런 낙서가 그녀의 눈에 띄기도 했다.

'나폴레옹이 이집트에 원정했을 때 당시 데리고 간 여러 학자들은 이집트의 고대 유물을 닥치는 대로 긁어모았다. 그때 수집해 온 자료들을 토대로 '이집트 기(記)'

가 완성된다. 그리스, 로마의 역사밖에 모르던 유럽 사람들에게 이집트 문화는 격동을 주었다.

그런데 궁색하게도 유적과 유물에 담긴 속뜻은 알 수 없었다. 무덤 안의 그림, 심지어 지팡이에 그려진 이상한 기호들을 한 가지도 해독할 수 없었으니 참으로 기가 막힐 노릇이었다.

로제타스톤(Rosetta stone). 길이 1.25m, 너비 0.7m, 두께 0.28m인 검은 돌이다. 단단하고 결이 고운 검은 현무암에 새겨진 글자들. 이 글자가 이집트 문명의 수수께끼를 풀 수 있는 가라사니라고 생각했으나 천재 언어학자 샹폴리옹이 나타나기까지 누구도 이것을 풀지 못했다.

샹폴리옹은 상형문자 해독에 착수하여 이집트문자의 비밀을 해독하는데 성공했다. 그렇다고 이집트 상형문자가 다 풀린 것은 아니라고 하니 남은 수수께끼들을 다 풀기 위해서는 또 다른 샹폴리옹이 나오기를 기다리는 수밖에 없다. 아, 그런 천재가 다시 나오기만을 고대하노라.'

10년이나 터울이 진데다 근래에 와서는 머리가 자주 빠지는 바람에 남편은 나이보다 더 늙어 보였다. 어떤 때는 시아버지를 모시고 사는 것 같은 착각이 일어나기도 했다. 남편은 잠을 못 자서 그런지 항상 토끼처럼 눈이 빨간 했다. 불면증에 시달리는 것은 아닌가 싶어 그녀는 가끔은 솜씨를 발휘하기도 했다.

여보, 이거 원추리차인데 한번 마셔보세요. 말린 원추리 잎을 꿀과 함께 재어뒀다가 끓인 거거든요. 망우 초라는 별명처럼 불면증에 아주 효과가 좋데요.

그녀는 휴일이면 술을 따낸 원추리 꽃을 쌀 위에 올려놓아 밥이 노랗게 물들고 독특한 원추리 향이 나도록 수선을 떨기도 했다. 남편의 반응은 시큰둥했고, 부지런을 떠는 그녀를 측은한 표정으로 바라볼 뿐이었다. 그럴 때마다 이런 현상은 그녀가 통과해야 할 행정과 고난이라고 그녀는 자조하기도 했다.

물론, 잘 생각해 보면 남편과 몇 안 되는 공통점도 있기는 했다. 그 중 하나가 일요일이면 어김없이 나란히 교회를 간다는 점이었다. 그 시간이 남편과 유일하게 같이 지내는 시간이기도 했다. 남편은 왜 교회에 가는지 말해주지 않았고, 그녀도 묘연한 이유를 따져 물은 적도 없었다. 중요한 것은 교회에 빠지지 않는다는 점이었다. 남편은 교회 좌석에 앉아 립싱크 가수처럼 입만 붕어처럼 들썩거리며 찬송가를 부르는 게 고작이었다. 설교가 시작되면 잠들어버리는 경우가 많았다. 그렇게 잠든 남편은 대개 설교가 끝날 때쯤이면 마취에서 풀린 사람처럼 잠에서 깨어났다.

그리고 …… 또 하나의 공통점은 섹스를 그다지 좋아하지 않는다는 점이었다. 남편은 극심한 발기부전이었다. 이제까지 합환한 경우는 열 손가락으로 꼽을 정도였다. 그 이유가 그녀가 여자다운 매혹이 부족한 연유라는 생각을 결부하면 착잡하기도 했다.

잠자리를 가질 때마다 처절하리만큼 사력을 다하는 남편의 모습을 보면서 그녀 자신이 그리스 신화에 나오는 다프네가 아닌가 하는 착각이 드는 때도 있었다. 아폴론의 끊임없는 구애를 피해 도망치다가 강의 신인 페네우스의 도움으로 월계수나무가 되어버린 다프네. 가끔씩 그녀는 이상한 꿈을 꾸기도 했다. 마치 변신 로버트처럼 그녀의 손발이 단단하게 굳어져 버리고, 가슴은 보드라운 나무껍질로 싸이게 되며, 머리털이 나뭇잎이 되고, 팔은 가지가 되며, 발은 뿌리처럼 야무지게 땅에 박혀 월계수 나무로 변하는 꿈을 꾼 적도 있었던 것이다.

쌓인 책을 한참 동안 보고 있자니 두통과 함께 심한 요의가 느껴졌다. 그녀는 방을 서둘러 나왔다. 요의는 없어졌지만 두통증세는 호전되지 않았다. 소파에 쓰러지듯 누웠으나 등에 식은땀이 배이고 열만 오를 뿐이었다.

그녀는 간신히 일어서서 베란다 창문을 열었다. 찬바람에 커튼이 휘날렸다. 뱀의 혀가 날름거리는 것처럼 커튼이 춤을 추었다. 찬 바람을 조금 쐬고 나자 어질증이 조금은 가라앉았다.

서둘러 문을 닫고 밖을 쳐다보았다. 아파트 동과 동 사이에는 햇빛이 들지 않아서 마치 어두운 질곡에 고립 당한 듯한 느낌이 들어 섬직해졌다. 하늘은 구름 한 점 없이 맑스그레하고 시퍼렇다. 인도에는 노란 병아리 복장을 한 유치원 아이들이 장난을 치며 서 있었다. 그녀는 아이들을 바라보면서 혼자서도 가능한 무성생식의 방법이 있다면 아이를 하나 정도 가지는 것도 좋을 것 같다는 생각이 들었다. 유일한 방법은 남자와 유성생식의 길밖에 없다는 생각을 하면 체념이 앞섰다. 아파트와 아파트 사이의 어두운 질곡에 고립 당하는 듯한 섬직한 느낌은 여전했다.

소파에 털썩 주저앉자 몸이 흐늘흐늘 늘어지고, 권태가 몸에 척척 감겨왔다. 다망한 사람들을 바라보면서 탈출하고픈 열망이 가득 찼다. 불에 대인 것처럼 신기가 올라 어딘가를 향해 뛰쳐나가고 싶은 열의가 섬광처럼 다시 타올랐다.

어린 시절 시간이 날 때마다 엄마가 빼놓지 않고 하는

일과 중의 하나가 눈썹을 다듬는 것이었다. 작업에 필요한 도구는 손바닥만한 동그란 손거울과 족집게였다. 엄마는 요 위에 아주 평허한 자세로 누운 다음 그녀를 불렀다. 그녀는 그런 심부름을 수도 헤아릴 수 없이 했었기에 준비물의 위치를 눈을 감고도 찾을 수 있었다. 엄마는 날카로운 족집게를 집어 들고 눈썹을 뽑기 시작했고, 족집게에 포획된 솜털은 어김없이 날카로운 쇠끝에 대롱대롱 매달린 채 캐내어졌다. 엄마는 서두르는 법이 없이 느긋하고 진지하고 그악스럽게 그 작업을 오랜 시간동안 했다. 대오를 이탈한 털들은 어김없이 표점이 되었다. 가끔은 잘못 뽑힌 털 때문에 외마디 소리를 지르기도 했다. 그러나 시간이 지나면 그런 불상사는 까맣게 잊은 듯 다시 매달렸다. 젊은 나이에 과부가 된 엄마는 늘 되풀이되는 권태와 이런 식으로 싸웠을 것이라고 은경은 생각하는 것이다.

2

"맛있게 드세요."

음식을 식탁 위에 내려놓고 서빙하는 아가씨가 돌아

섰다. 돌아서는 아가씨의 다리는 기형적일 정도로 실낱 같이 가느스름했다. 짧은치마에 투명한 스타킹을 신은 탓에 여자의 각선미가 적나라하게 드러난 상태였다. 저런 연약한 다리로 어떻게 살아가나 싶어 은경은 안쓰러운 마음으로 쳐다보았다. 그러나 그녀가 시야에서 사라지고 나자 은경의 눈은 바로 여자가 놓고 간 음식으로 옮겨갔다.

"이게 바로 꽃 요리야. 흔히 색에 반하고 향에 취하고 맛에 놀란다고들 하지. 한번 먹어 봐."

은경이 지훈을 보며 말했다. 그녀가 시킨 것은 꽃모듬 샐러드와 허브 비빔밥이었다. 카오슬립, 나스타튬, 팬지, 비트잎, 케일, 치커리 등과 같은 드레싱 재료가 마요네즈와 혼합된 그릇은 눈이 내린 꽃밭과도 같았다. 그 위에 빨간 식용 꽃이 얹어져 있어서 음식은 처연하게 아름다운 자태를 보여주고 있었다. 허브 비빔밥에는 식용장미, 국화, 허브가 어우러져 음식이라기보다는 오색 색종이로 곱게 치장한 예쁜 장식품처럼 빛깔이 고왔다. 누가 보아도 눈 맛이 후련해질 것 같은 모습이었다.

"꽃으로 음식을 만든다는 이야기는 들었는데 막상 이렇게 눈앞에서 보게 될 줄이야. 여하튼 네 덕분에 이런 좋은 것도 맛보고……"

지훈은 탁자 위에 놓여진 음식을 보면서 입맛만 다셨다. 이렇게 예쁜 꽃을 어떻게 목구멍으로 넘길 수 있겠느냐는 표정이었다. 그러나 한편으로는 눈으로만 보던 장미꽃을 입으로 느끼는 맛이 어쩔지 자못 궁금해 하는 표정이었다. 반면 은경은 별 다른 감동 없이 입안으로 꽃을 밀어 넣고 있었다. 옆집에 사는 여자가 좋은 말로 꾀음질하는 바람에 몇 번 이곳에 온 이력이 있었다. 이미 여러 차례 왔었기에 음식이 어느 정도 입맛을 붙였던 것이다.

지훈을 만나야겠다는 생각이 든 것은 며칠 전 빨랫줄에 속옷을 널고 막 돌아섰을 때였다. 그전에 결혼식장에서 적어준 전화번호가 있었기에 연락은 어렵지 않게 이루어졌다. 지훈은 감정 없이 담담함 목소리로 전화를 받았다. 그의 메마른 목소리를 들으면서 은경은 어림장이 짓을 했다는 후회감이 밀려왔다.

그런데 …… 지훈을 결혼식장에서 만난 후로는 이상한 버릇이 생겼다. 다시 한 번 반려자를 취사선택하는 기회가 주어진다면 어떻게 할 것인지 그 문제를 놓고 씨름한다는 것이다. 깊은 밤까지 소식도 없는 남편을 대책 없이 기다리거나, 혼자 대형할인점에서 커터를 끌고 다니다가 계산대 앞에 서서 문득 혼자라고 새퉁스럽게 깨달아지거나, 혼자서 공연을 보기 위해 물쩍지근하게 줄을

서있노라면 어김없이 그런 생각이 불거지는 것이다.

아주 드물게 결혼을 잘했다는 생각이 섬광처럼 들 때도 있었다. 그러나 대부분은 남편과 무슨 생각으로 결혼을 했는지 혼효스러운 것이다. 결국 남편으로 화두가 넘어가면 늘 머리가 수선스러워졌다.

은경은 대학에서 경제학을 전공했다. 공부에 별 흥미를 느끼지 못한데다가, 그나마 수치에는 약한 편이이어서 경제학 공부는 늘 쓰라림을 안겨주었다. 경제학과를 들어간 배경에는 엄마 등살이 한몫했다. 은경의 흥미나 적성과는 상관없이 수능 성적 따져보아 유망한 학과라고 밀어 넣은 것이 경제학과였다. 처음에는 그러려니 하고 다녔지만 날이 갈수록 가슴이 갑갑하고 숨이 막혔다. 이쯤 되자 엄마에 대한 분혜가 들끓었지만 나중에는 체념으로 바뀌고 말았다. 이왕 들어왔으니 대학 졸업장이나 빨리 따 가지고 나가자, 하는 마음에서 은경은 군말 없이 대학에 다녔다.

그럴 즈음 은경이 만난 사람이 지훈이었다. 그는 시인으로 불리곤 했는데, 그 별명은 문학하는 그를 존경하는 뜻에서 붙인 갈채라기보다는 다소 빈정거림이 느껴지는 호칭이었다.

지훈의 출현은 확실히 그녀를 설레게 만들었다. 떨림

이었고, 신기함이었고, 아뜩함이었다. 지훈은 보통 사람들의 비루한 삶의 방식을 비웃고 짓눌렀다. 그녀의 가슴은 뜰망에 건져진 고기처럼 팔딱거렸다. 그녀는 지훈을 받아들였고, 그와는 그렇게 사귀기 시작했던 것이다.

그러나 환영에 집 짓고 사는 사람과 현실을 살아나간다는 것은 고통이었다. 지훈이 바라보는 것은 하늘의 별처럼 멀리 있는 것 같았고, 그가 머무는 시간은 미래의 어떤 시점 같아 보였던 것이다. 한때는 지훈의 불확실한 점이 매력이었지만, 시간이 지나면서 그 점이 오히려 무능함과 결부된다는 사실을 은연중 깨달았을 때 선을 본 남자가 지금의 남편이었다. 선을 보러 가게 된 것은 순전히 엄마 때문이었다. 남자는 대학교수인데다 집안 훌륭하고, 성격도 좋다는 것이다. 복이 너무나 쉽게 넝쿨 채 굴러 들어오는 것 같아 오히려 슬겁지 않을 정도였다. 그래도 단점이 있을 것 아니냐며 닦아세우니 엄마는 그제야 나이가 좀 많다고 실토했다. 그녀와 열 살 터울이 진다는 것이다. 열 살을 '좀' 이라는 표현을 쓴 엄마가 야속할 정도였다. 친엄마가 정말 맞는지 의구심이 들 정도였다. 그럼에도 매일 같이 짖어대듯 달구치는 바람에 그녀는 딱 한번만 만나보겠다는 단서를 제시하며 두 손을 든 것이다.

선본 후, 나이가 많은 남편은 서둘렀다. 호감이 있다고 노골적으로 표현했고, 언제 시간을 내서 그의 부모님을 만나야 한다면서 랩 음악처럼 정신 차리지 못할 정도로 혼자서 빠르게 진도를 나가는 것이 아닌가.

은경은 능력 있는 남편이 왜 그 나이가 되도록 외돌토리인지 처음에는 이해하지 못했다. 키도 크고 늘씬하며 눈에 띄게 못 생기지도 않았다. 직장, 집안, 학력이 좋고, 게다가 능력도 있어 보였다. 그러나 몇 번 만나자 고집이 너무 세다는 치명적인 문제점을 발견했다. 그런 남편이 어떤 때는 기가 막혔고, 기가 질리기도 했다. 한번 싫어지자 호감이 싹 사라졌고, 사소한 실수에도 정나미가 떨어졌다.

그러나 옷의 꺼풀처럼 남편은 쉽게 떨어지지 않았다. 꿈을 꾸면 꿈속에서도 남편은 지악스럽게 따라다닐 정도였다. 하지만 엄마는 남편에게 상당한 호감을 가지고 있는 듯한 눈치였다.

그런 남자와 그녀는 이제는 한집에서 같이 살고 있는 것이다. 은경은 남편과 결혼한 것은 숙명의 급류에 몸을 내맡긴 결과라고 믿고 있는 것이다.

그렇다면 …… 지금 그녀의 마음은 어디를 떠다니고 있는가? 평소에는 남편의 품속이라고 자조하며 살아온 것이 사실이었다. 그러나 지훈이 끼어들면서 문제는 단순하지 않았다. 지금도 은경은 추억의 늪에서 지훈을 주시하고 있는 자신을 발견하는 것이다. 그리고 자신의 처지가 처절한 불나방 같다는 생각이 들 때가 많았다. 추억을 향해 몸을 던지는 불나방.

그리움이란 어차피 숙변처럼 가슴 깊숙이 들러붙어 있어서 고약하고 지독한 냄새나 피우는 것이라고 믿는 은경이지만 이미 배반은 그녀도 모르는 사이에 시작되고 있었다. 은경은 지훈을 꽃요리 전문 음식점으로 마침내 끌어내고 말았던 것이다.

"아 이놈 좀 봐. 글쎄, 제 주제도 모르고 꽃 사이에 죽어 있네."

먹을 생각은 하지 않고 유심히 음식을 들여다보던 지훈은 젓가락으로 비빔밥에서 나온 벌을 건져내면서 호들갑을 떨었다. 은경은 지훈이 건져낸 포획물을 신기한 눈으로 들여다본다. 아주 작은 벌이었다. 아마도 1센티도 채 될 것 같지 않은 몸집에 비한다면 다리가 유난히 굵었다. 앞다리와 가운뎃다리 사이에 있는 납작한 종아리마디에 있는 발톱은 갈퀴처럼 유난히 날카로웠다. 게다가 뒷다리에는 꽃가루가 잘 묻도록 연한 털이 송송 나있었다. 등에는 굵은 황갈색의 가로 띠가 선명해서 무척 강고하게 보여 금방이라도 살아나서 위협적으로 윙윙거릴 것만 같았다. 어쩌자고 이놈은 밥상 위에서 최후미를 장식하는 것일까? 꽃가루 전달자로서의 놈의 책무를 다하고자 했을까? 마지막 순간까지 무모하게도 꽃 속의 꿀을 탐한 것일까?

은경은 불현듯 어렸을 적 기억이 되살아나 웃음이 나오려고 했다. 초등학교 들어가기 전, 그녀는 용감무쌍하게도 꿀벌을 자리개미하려다 사경을 헤맨 적이 있었다. 그녀 딴에는 무시무시한 벌들이 들어올 때마다 싫은 내색을 하지 않고 견디어내는 예쁜 꽃들이 가련하고 안쓰러웠던 것이다. 그녀라도 벌들을 으끄지르지 않으면 안 될 거 같았다.

수정이라는 개념을 알게 된 것은 그 후로 몇 년이 흐르고 난 뒤였다. 생물이 존속하기 위해서 난자와 정자가 적당하게 조합되어 환경에 적응한 유전자구성을 갖는 자손을 만드는 수정이 필요할 것이다. 그러나 이상하게도 최근에는 '수정'하면 배우자 융합이라는 개념과 쌍알졌다. 벌을 받아들일 때 꽃이 한들한들 흔들리는 모습이 사창가 앞에서 실랑이를 벌이는 남녀처럼 처연하게 보이기도 했다.

죽어버린 꿀벌을 바라보니 음사를 하다가 장렬한 최

후를 맞이한 것처럼 안쓰러웠고, 본능에 충실한 놈을 생각하니 비장감마저 들었다.

주인은 그네들이 가져다 준 음식에 꿀벌이 들어있었다는 이야기에 몸 둘 바를 몰라 했다. 식용으로 재배되기 때문에 엄격한 시설관리가 이루어진다고 했다. 허나 가끔은 비닐하우스의 공간을 뚫고 결사적으로 들어오는 벌이 있다고 변명을 늘어놓았다.

두 사람이 음식을 다 먹고 밖으로 나오자 어디선가 바람이 불어왔다. 가을바람이 옷깃을 파고들었고, 마음갈피 속으로도 끼어들었다. 은경은 지훈과 헤어질 생각을 하니 왠지 허탈한 심정이었다.

"나 가고 싶은 곳이 있는데 …… 같이 가주지 않을래?"

은경의 곡진한 말에 지훈은 머리를 쓸어 올리면서 물었다.

"그게 어딘데?"

"가을 바다."

은경의 말에 지훈은 한참동안 인상을 찌푸리면서 뭔가를 골똘하게 생각했다.

3

대천에 도착했을 때는 날이 어두워지고 있었다. 은경은 차에 탄 순간부터 내내 말이 없이 운전에만 몰두했다. 단물곤물한 이야기를 펼칠 것이 많았지만 그들은 수행자들처럼 서로의 생채기에 대해서는 들추지 않고 여기까지 말없이 온 것이다. 시내에서 바닷가로 이어지는 도로를 달리면서 그녀가 자동차 라이트를 켰다. 불빛은 어두운 길을 환하게 열어 놓았다.

불빛이 비쳐질 때마다 흐리마리한 몇 가지 기억들이 어둠 위에 겹쳤다가 사라지곤 했다. 결혼식장에서 은경과 눈이 마주쳤을 때, 그녀가 보여주었던 애틋하고 안쓰러운 눈빛들이 떠오르는 듯해 지훈은 소스라치게 놀랬다.

그날 은경의 시동생 결혼식에 갔었고, 신랑 측 접수대에 부조금까지 당당하게 내밀었던 지훈이었지만 신랑 측과 무슨 연줄이 있었던 것은 아니었다. 일종의 아르바이트였다. 신랑 측 하객으로 가장하고 몇 시간 동안 들러리를 서준 것에 불과했던 것이다. 식장에 도착하기 전 지훈은 미리 부조금을 분배받았고, 관광버스를 타고 이동하는 동안 신랑에 대한 인적사항을 전달받았던 것이다. 결혼식에 신랑 측 하객으로 동원된 사람이 40명 남짓이나 되었다. 신랑 아버지가 교장으로 있다가 정년퇴직한지 1년이 넘어서 하객들이 많지 않을 것이 예상되고, 하객이 적으면 남볼썽이 구겨질 것이기에 최소한 체통을 세우기 위해 동원된 것이라는 말을 이벤트를 주체하는 사람에게서 들었던 것이다. 그날 지훈은 잘 알지도 못하는 사람의 결혼식 하객이 되어주느라고 두 곳이나 더 열심히 뛰어다녔던 것이다.

바닷가 가까이 오자 여관 몇 개가 눈에 띄었다. 그중 한 여관 앞에 그녀는 차를 세웠다. 여관의 문턱을 드나든다는 것은 머쓱한 일이고, 이런 곳에서는 하동거리는 것이 어색함에도 지훈은 용기 있게 앞장서서 여관 안으로 들어갔다.

"방 있어요?"

내실 유리문이 열리며 주인 되는 여자가 지훈을 올려다보았다. 쥐구멍에서 고개를 내민 쥐처럼 작은 눈을 깜빡였지만 여자는 그의 질문에 바로 대답하지 않고 지훈의 위아래를 염치없이 훑어보았다.

"혼자시유?"

한참동안 그를 흘깃흘깃 보던 주인 여자는 물었다.

"아뇨, 두 사람이에요. 방 두 개가 필요해요."

"알겠시유. 따라 오슈."

주인 되는 여자는 주전자, 수건, 치약 등을 챙기고 앞장서서 걷기 시작했다. 여자가 안내한 방은 2층 구석에 있는 방 두 개였다. 여자를 따라 가는 동안 어떤 객실에서는 고스톱 치는 소리가 들렸고, 어떤 방에서 시끄럽게 새어나오는 텔레비전 소리도 들을 수 있었다. 방을 들러보고 다시 여관 입구까지 오니 은경은 차창을 열고 그를 기다리고 있었다.

"방도 잡았으니 우리 저녁이나 먹고 들어갈까?"

지훈의 말에 은경은 천천히 고개를 끄덕였다.

4

"넌 이라크 파병에 대해서 어떻게 생각하니?"

음식점에 켜진 TV를 보고 있다가 지훈은 뜬금없는 질문을 그녀에게 던졌다. 마침 이라크 파병 연장에 대해 심야토론이 있을 것이라는 예고가 나타났다가 돌차간 사라지는 순간이었다.

솔직히 그 점에 대해 은경은 감상적이고 애매했다. 찬성하는 사람의 말도 옳고, 반대편에 선 사람의 생각도 그를 것 같지 않아서였다. 요는 개인적인 고민도 벅찬 판국에 그런 엄청난 큰 문제로 걱정거리를 일부러 만들고 싶은 마음이 없었던 것이다.

"글쎄. 그런데 그 질문에 대답을 꼭 해야만 하니?"

"꼭 할 필요는 없어. 한 가지 너한테 말해주고 싶은 것이 있어서 그래. 나 다음 주 이라크에 갈 예정이거든."

"그게 무슨 소리야? 이라크에 파병이라도 간다는 얘기야?"

"파병은 아니고 …… 돈 벌러 가는 거야. 다음 주 출국할 예정이야. 실망했니? 실망해도 할 수 없어. 말하지 않고 떠나려고 했는데 …… 네가 혹시 나에게 연락할지도 몰라서 말해주는 것뿐이야. 솔직히 난 빚더미에 올라앉아 죽는 날만 기다리는 신세야. 그렇다고 손가락만 빨고 있을 수는 없잖아. 오죽했으면 이런 결심을 했겠냐?"

아, 살아간다는 것은 이렇게 힘겨운 것이구나, 하고 생각하니 은경은 한숨이 절로 나왔다.

"그런데 하필이면 이라크니? 거긴 위험하다던데 ……."

"맞아, 위험한 곳이지. 언제 폭발물이 터질지 모르고, 언제 죽을 지도 모르는 곳이지. 그러나 이거 따지고 저거 따지다 보면 어느 세월에 돈 만지겠어. 지금이 아주 좋은 기회야. 모든 사람들이 겁먹고 몸을 사리고 있거든. 만일 그 나라가 어느 정도 안전해지면 너도나도 덤벼들 거야.

그때가 되면 내가 비집고 들어갈 공간이 있기나 하겠어? 안전한 곳이라면 나 같은 놈에게 기회가 오겠냐구? 난 이 나라에서 6년을 묵묵히 일자리를 찾아보려고 노력했어. 그런데 제기랄 나에게 돌아온 것이 뭔데?"

"……."

은경은 마음의 벽이 무너지는 소리를 들었다. 거친 물살이 삼킬 듯이 다가와도 성지처럼 지훈은 옆에 남아 있을 것이라고 생각했다. 그런 그가 이제 멀리 떠난다 생각하니 마음이 허우룩했다.

"어떤 책을 보니까 메소포타미아 문명은 우리나라와 닮은 구석이 많다고 그러더라. 고대 메소포타미아 문헌에 '아라리'라는 장소가 종종 나오거든. 죽은 사람이 이곳을 지나 저승으로 가게 되나 봐. 그 '아라리'가 아리랑의 근원이라는 거지. 견우, 직녀 이야기도 메소포타미아의 인안나와 두무지의 비극적인 사랑과 맞닿아 있어. 내가 유일하게 위안을 받는 부분은 바로 그 점이야. 우리나라와 닮은 부분이 있다는 사실이 …… 그래서 낯설지 않거든."

말하는 지훈을 보면서 은경은 그를 영영 그러잡을 수 없을 것 같은 생각이 들었다. 아니, 아무리 열심히 쫓아가도 따라붙을 수 없을 것만 같았다.

음식점에 딸린 화장실에서 볼일을 보고 나온 은경은 화장실 뒤편에 서서 담배를 피워 물었다. 바다 바람은 장송곡처럼 곡진했다. 지훈과 함께 이런 바닷가에 머물고 있다는 사실이 전염병처럼 위험하게 생각되었다. 그녀는 바다를 보면서 길게 담배연기를 내뿜었다.

가끔은 …… 누구라도 붙잡고 얘기하지 않으면 미쳐 버릴 것만 같은 때도 있었다. 그때마다 그녀의 눈에서는 촛농 같은 눈물이 흘러 나왔다. 눈물을 쏟고 나면 가슴이 찡해왔다. 그녀의 가슴 갈피 속에는 아직도 많은 아픔이 끼어져 있었다.

남편과 함께 정기적으로 가는 곳 중의 하나가 시댁이었다. 시댁이래야 자동차로 불과 20분 정도 떨어진 곳에 있었다. 시댁에 가게 되면 시어미는 남편을 바라보며 말했다.

얼굴이 왜 이 모양이니. 밥도 못 먹어먹고 다니는 사람 같잖니. 막대기처럼 말라 비틀어졌어.

남편은 무안한 표정을 지으며 요즘 신경 쓰는 일이 많아서 그래요, 하고 얼버무렸다. 서슬이 퍼런 시어머니는 그때마다 은경을 질책했다.

넌 남편이 이지경이 되도록 뭐 했니? 집안에서 하는 일이 뭐가 있다고, 쯧쯧. 뭐하나 정붙일 곳이 없으니 이 모양인 게지. 남편 하나 챙기기 못하고 뭐 한 게야.

한바탕 훈시를 듣고 나면 가슴을 후벼 파는 것 같은 통증이 왔다. 피시식, 하고 눈에서 기운이 새어나가는 소리가 들릴 때도 있었다. 짙은 가래처럼 응어리진 말을 뱉고 싶었지만 그나마도 여의치 않았다. 언젠가는 한번 말대답을 했다가 게거품을 물면서 쓰러지는 시어머니의 모습을 목격하고 난 뒤로는 그러지도 못했다.

가슴이 답답하면 가끔은 단골 점집에 점치러 가기도 했다. 나쁜 시력 때문에 도수가 높은 안경을 걸친 채, 녹이 쓴 고철 같은 누런 이빨을 드러내며 점쟁이는 말하곤 했다.

색시는 귀 끝이 살짝 처졌기 때문에 겉으로는 여려 보여도 마음속은 찰랑찰랑하게 그득 찬 형국이야. 인내심이 강하지만 교태가 없고, 여간 해서는 감정을 표현하지 않는단 말이지. 자기 할 일은 한눈팔지 않고 해내지만 감정의 표현이 능란하지 못해. 그렇게 감정을 오래 담아두기 때문에 병이 생기는 거여.

과연 그럴까. 은경은 훗훗, 하고 웃으면서 담배 연기를 몸 속 깊숙이 빨아들였다. 한때는 담배를 피우는 순간만은 마음이 진정되는 경우도 종종 있었다. 그러나 남겨진 상처는 갈탄처럼 고약한 냄새를 피우면서 그녀의 가슴을 오래도록 아리게 만들곤 했다.

그때, 거대한 어둠의 덩어리가 그녀를 향해 다가왔다. 지훈이었다. 그녀는 화들짝 놀라면서 피우던 담배를 바닥에 던지며 구둣발로 짓이겼다.

"너 요즘 많이 힘든가 보구나."

지훈은 짓이겨진 담배와 은경을 번갈아 보면서 안쓰러운 눈초리로 말했다.

5

은경은 용기를 내어서 조심스럽게 지훈의 방문을 두드렸다. 한번, 두 번. 세 번. 안에서 반향이 없자 사뭇해지기 시작했다. 불안은 점차 두려움으로 발효되었다.

"누, 누구세요?"

포기하고 막 뒤돌아서려는 순간, 안에서 잔뜩 겁먹은 목소리가 새어 나왔다.

"나야, 은경이."

조심스럽게 문이 열렸다. 지훈은 난안하고 놀란 눈으로 그녀를 바라보았다.

"바람소리가 너무 크게 들렸어."

은경은 저린 눈빛으로 지훈을 응망했다. 그는 한참동안 은경을 바라보더니 그녀의 손을 잡아끌었다. 은경은 잡힌 손에 힘을 주었다. 더 이상 두려움 같은 것은 느껴지지 않았다.

지훈이 문을 닫자 그녀는 돌연하게 그를 뒤에서 껴안았다. 지훈은 가만히 있었다. 은경은 갑자기 돌아서면서 그의 목덜미를 힘껏 껴안으면서 그의 입술에 입을 가져갔다. 마른 나무껍질처럼 메마른 그의 입술이 가볍게 경련을 일으켰다. 그녀가 그를 침대로 이끌자 그는 별 저항없이 따라왔다. 그녀가 밀치자 그는 침대에 빨래더미처럼 쓰러졌다. 은경은 격렬한 동작으로 그의 옷을 벗기기 시작했다. 지훈은 무슨 말인가 뱉어내려고 했으나 그녀가 입술을 포갠 탓에 입을 열지 못했다. 은경의 목구멍에 울음이 차올랐으나 그러면 그럴수록 갈증을 느끼는 사람처럼 그의 입술을 빨아대기 시작했다. 그의 볼을 타고 끈끈한 눈물이 흘러내렸다. 흠뻑 젖은 얼굴에 그녀는 볼을 비벼댔다. 지훈은 보물을 쓰다듬듯이 그녀의 머리카락을 천천히 어루만졌다. 그 손길 때문에 은경의 가슴은 터질 듯 부풀어 올랐다. 은경은 살 꺼풀을 벗듯 걸친 옷을 거칠게 벗어 바닥에 내동댕이쳤다. 옷을 다 벗은 그녀는 흉터가 남아 있는 지훈의 사타구니를 핥았다. 지훈은 처음에는 움칠했으나 점차 감내하며 참아내고 있었다.

지훈의 사타구니에 흉터가 있다는 사실을 알고 있는 사람은 몇 안 되었다. 그중 하나가 은경이었다. 80년대 후반 민주화의 열기가 한창 극도에 이를 무렵, 민중의 힘으로 대통령 직선이라는 위대한 과업을 이루던 그 역사의 현장에 지훈은 있었다. 그러나 잘못 날아든 화염병에 사타구니가 맞은 것이다. 그 바람에 정신을 잃었고, 병원에서 몇 달 동안 운신도 제대로 하지 못하면서 지내야만 했었다. 화상으로 다리에 상처가 깊다는 소식을 누군가에게서 전해들은 것은 지훈이 퇴원하고 난 후 몇 달이 지난 다음이었다.

은경은 그의 몸에 올랐다. 켜놓은 TV에서는 오랜만에 서부극이 한창이었다. 주인공은 말을 타고 거친 황원을 달리고 있었다. 그녀도 말의 갈기를 움켜잡듯이 지훈의 허리를 붙잡고 발을 굴렀다.

확인은 해보지는 않았지만 언젠가 들은 적이 있는 독수리 이야기를 은경은 생각했다. 대개 독수리는 60년 정도를 산다고 했다. 그런데 개 중에는 100년을 넘게 사는 놈이 가끔은 있다고 한다. 오래 사는 놈은 때가 되면 동굴에 들어가 부리와 발톱을 열심히 바위에 부딪친다고 했다. 피가 나고 부리와 발톱이 다 문드러지고 신산의 아픔을 느낄지라도 긁어댄다는 것이다. 그러나 신기하게도 너덜해진 그 자리에 새로운 부리와 발톱이 자라난다는 것이다. 그런 놈만이 100년을 넘게 살게 된단다.

음악소리가 빨라지고 서부극 속의 주인공이 탄 말은 산길을 오르느라 헉헉대며 힘들어했다. 그때 한 남자가 떠올랐다. 깊은 동굴과도 같은 방에서 불도 켜지 않고 독수리처럼 발톱을 긁어대고 있는 그녀의 남편을. 그러자 그녀의 춤은 빠른 템포로 더욱더 격렬해졌다. 마치 그녀의 몸 안에 붙어있는 증오와 공포, 심지어 그녀의 뇌 세포에 달라붙은 권태감마저 털어 내려는 듯 …… 널 놓치고 싶지 않아. 그녀가 통성처럼 가슴속의 말을 토해냈다. 밖에는 바람이 부는지 창문이 덜컹거리며 그녀의 마음만큼 흔들렸다.

6

은경은 늦게까지 원 없이 달콤한 잠을 잤다. 커튼을 밀치며 빛이 스며드는 바람에 그녀는 눈을 떴다. 지훈은 옆에 없었다. 그녀는 창가에서 쏟아지는 햇살을 바라보았다. 빛과 먼지의 알갱이가 반짝반짝 빛나고 있었고, 커튼은 빛에 반사된 채 바람에 출렁이고 있었다. 늦은 아침의 께느른함과, 느긋함을 즐기면서 그녀는 눈을 감은 채, 이불 속에서 뒤척거렸다.

한참 후, 은경은 손을 움직여 리모콘을 찾아 TV를 켰다. 모니터의 왼쪽 상단부에 아침 뉴스라는 자막이 나온 상태로 상업광고가 진행 중이었다. 광고가 끝나자 첫 번째 나온 뉴스는 3일전 발사된 뒤에 지상과 교신이 되지 않았던 과학기술 1호 위성이 56시간 만에 신호를 보내왔다는 내용이었다. 앵커의 뒤 배경에는 비싼 위성 하나 날리는 게 아닌가 싶어 애씌웠을 한 과학자의 활짝 핀 얼굴이 보였다.

그녀는 리모콘을 손에 쥐고 볼륨을 올린 다음 TV에 눈을 고정시켰다

취재기자가 인공위성연구센터 앞에 서서 멘트를 시작했다. 어젯밤 11시 19분 과학기술위성 1호가 정해진 원형 궤도를 돌아 우리나라 인근 상공을 지나자 11번째 교신을 시도했다는 것이다. 그리고 5분 뒤인 11시 24분 역사적인 첫 교신에 성공했단다. 그게 북극해 근방의 우주센터에서 러시아 로켓에 실려 발사된 지 무려 56시간만의 극적인 교신이라는 것이다. 더군다나 이 과학기술위성 1호는 우리 기술 주도로 개발된 국내 첫 천문, 우주과학용

위성이라면서 기자의 목소리에 힘이 들어갔다. 배경 화면은 과학기술 위성 1호의 장엄한 발사 장면이 다시 한 번 보여주고 있었다.

죽은 줄 알았던 아들 살아 돌아온 느낌일 거라고 생각하며 은경은 눈을 깜박였다. 이어지는 뉴스는 이라크 소식. 바그다드에 있는 한 이슬람 사원 인근에서 미군을 겨냥한 폭탄공격이 발생, 최소한 미군 병사 1명과 이라크인 4명이 숨지고 행인 15명이 부상당했다는 소식이었다. 이라크는 지훈이 돈 벌러 가겠다고 했던 곳인데, 하면서 그녀는 화면에서 시선을 떼지 못했다. 전에는 관심조차 없었던 이라크 소식인데도 말이다. 주먹을 쥐어가며 TV 화면을 지켜보고 있노라니 창알거리는 아이처럼 휴대폰이 울었다.

"여보세요."

뜻밖에 남편이었다. 차분하고 낮은 목소리였다. 너무 가라앉아 있어서 그런지 소름이 끼칠 정도였다. 그 목소리는 아주 먼 곳에서 울려 나오는 소리 같았다. 그녀는 오금이 저렸다. 다시 한 번 여보세요, 하는 남편의 한 옥타브 높아진 목소리가 들려왔다. 전화를 거의 하지 않은 남편이었다. 그런 남편이 전화를 하다니……. 안 하던 행동을 하니 무슨 일이 있나 싶어져서 내심 불안하기까지 했다.

"듣고 있어요. 그런데 무슨 일 있어요?"

스스로 생각하기에도 멋대가리 없는 것 같아서 은경은 멋쩍었다.

"일은 무슨 ……. 집에 전화 걸어도 안 받던데. 지금 어디야?"

"친구 집이에요. 혼자 있으려니 무서워서 말이죠."

생각지도 않은 거짓말이 솔솔 나왔다. 그녀는 무안한 마음에 화제를 돌렸다.

"그나저나 오실 날 이제 얼마 안 남았죠?"

"내일 출발 할 거야."

메마르고 피날한 목소리로 몇 마디 형식적인 이야기를 더 하다가 남편은 전화를 끊었다.

끊어졌던 남편과의 교신은 극적이었다. 마치 위성만큼이나 멀리 떨어진 곳에서 남편으로부터 교신 신호를 받은 것처럼 기분이 묘연했다. 그런데 이런 격정의 순간에 왜 감정이 오롯하지 않는지 은경은 알 수 없었다.

인공위성은 저 하늘 어딘가를 돌고 있을 것이다. 우주의 미아처럼 떠돌았던 위성처럼 그녀 자신도 어쩌면 그런 상태였는지도 모른다. 방향을 잃은 배처럼 표류하고 있었던 것은 아니었는지.

그런데 …… 진정 표류하고 있었던 것은 과연 누구였을까? 왜 진정 유랑하고 있었던 실체는 남편이었다는 생각이 드는 걸까? 입안이 텁텁해졌다.

하루 동안 지훈과 보낸 시간은 현실이 아닌 것만은 분명했다. 어쩌면 우주의 공간을 떠돌았던 시간인지도 몰랐다. 비록 짧은 순간이기는 했으나 그 시간은 우주의 시간인지도 모른다는 생각이 들었다.

생각해 보니 그녀는 절망과 정면으로 맞서 본 적이 별로 없었다는 생각이 불쑥 들었다. 조금만 힘들어지면 도망치기 바빴다. 인생을 돌아보면 늘 그 모양이었다. 무너지는 것들의 이면을 보면서, 상처를 온몸으로 막아보면서 견디는 과정이 없었던 것이다. 그래서 파멸 다음에 오는 시작을 느낄 수 없었던 것인지도 모른다. 반면 남편은 그 어두운 동굴 같은 방에서 체념과 맞서 싸웠을지도 모른다는 생각이 들었다. 남편은 독수리처럼 되고 싶었던 것은 아니었을까? 새롭게 태어나고 싶어서 묵은 발톱과 부리를 갈고 있었던 것은 아니었을까? 불현듯 은경은 이집트에 가 있는 남편이 보고 싶어졌다.

7

이제 그녀는 베란다 창문너머로 검은 하늘을 바라본다.

남편은 이 밤도 그의 방에서 수학문제를 앞에 두고 머리를 쥐어뜯고 있는 모양이다. 그 문제는 아마도 자연수로만 되어있지 않고 복소수와 로그, 벡터, 시그마와 미적분이 포함된 것일지도 모른다. 수학 문제만큼이나 난해한 남편이라는 수식을 그녀 또한 풀어야만 할지도 모른다. 로제타스톤을 바라보는 샹폴레옹처럼 그녀의 마음은 비장하다. 남편과 그녀를 이어주는 고리가 그녀의 집 어딘가에 있을 것이고, 시간이 걸린다면 찾을 수 있을 것이라 생각되지만 그때가 언제가 될는지 확신할 수 없다.

헌데 그날 지훈의 방으로 은경을 끌어들인 것은 무엇이었을까, 하고 은경은 생각한다. 오랜 기간에 걸쳐 쌓여있었던 그리움이 그 순간 마침내 폭발을 일으킨 것이 아니었을까. 지훈을 몸 속 깊이 받아들이게 시킨 것은 그녀의 힘으로는 거의 통제가 불가능한 악마의 힘은 아니었을까. 그게 아니라면 …… 지훈을 만난 것도, 헤어진 것도 운명인 것일까?

거대한 어둠의 덩어리 속에 별들이 초롱초롱하고 멀리 은하수도 보인다. 은하수를 가운데 두고 애태우는 견우와 직녀가 손에 잡힐 듯 가깝게 보인다. 안타까움에 꺼이꺼이 우는 울음소리가 들릴 듯하다. 별을 보면서 은경은 물결치던 마음이 안온해진다.

가끔은 은하수만큼이나 멀리 가버린 지훈을 생각할지도 모르겠고, 칠월 칠석 날이면 그를 유난히 더 애절하게 떠올릴지도 모른다. 그러나 …… 어쩌면 그나마도 잊을 지도 모른다. 어차피 사람들은 쉽게 잊어버리게 되고, 추억도 기억 속에서 재처럼 타들어 갈 것이다. 설혹 만날 수 있는 기회가 주어져도 어쩌면 그녀 쪽에서 지훈을 피할지도 모른다. 추억과 만난다는 게 너무나 가슴 아픈 일이 될지도 모르니까.

별똥별 하나가 긴 꼬리를 끌면서 낙하하는 모습이 그녀의 눈에 선명하게 들어온다.

6장

상실

상실

모든 일이 잘 될 거야.

영숙은 창밖을 보며 혼잣말을 했다. 차는 신호 대기에 걸려 있는 상태였다. 주말 오후여서인지 길이 자주 막히고 있었다. 강북으로 들어서면서 한결 체증이 심한 느낌이었다.

이영숙 씨 컨디션은 어떻소?

오늘 아침 그녀의 소속팀 단장이 그녀에게 물었다. 그가 숙소를 방문하리라는 것은 전혀 예상 못한 일이었다.

네, 좋……습니다.

영숙은 어정쩡하게 대답했다. 그의 느닷없는 방문이 실감나지 않았기에 그랬다. 그러는 그녀의 어깨를 그는 몇 번 토닥이며 웃었다. 내일 경기가 있으니까 격려차 들렸다는 것이다. 그러면서 그녀에게 몹시 기대를 걸고 있다고 말했다.

참 오늘 밤은 남편과 보내도록 해요.

그의 말에 영숙이 의아해하자, 단장은 친절하게 설명했다. 경기를 앞두고 남편과 지내는 게 심리적 안정면에서 더 좋을 듯싶어 이런 결단을 내렸다고 했다. 그리고 오후 훈련 시간이 끝날 때쯤 자동차를 보내겠다고 했다. 부담스러운 호의라는 생각이 들었다. 그러나 하루 내내 그녀는 들떠서 보냈다. 남편을 오랜만에 만난다 생각하니 온통 정신이 없었다. 훈련을 하면서도 집중할 수가 없었다. 하루가 무지근하게 느껴졌다. 다소 흥분한 가운데 오후 훈련까지 마쳤을 때 그녀는 엷게 화장을 했고, 귀걸이도 달아 보았다. 때맞춰 자동차가 도착했다. 보내온 차는 그네가 타기에는 과분할 정도의 고급이었다. 차를 타고 가는 동안 바늘방석에 앉은 듯 불안하기까지 했다. 차가 고급인 만큼 기대도 크겠다는 생각이 들었던 것이다. 어쨌든 그 고급차는 지금 그네 집을 향해 달리고 있는 중이었다.

교통체증은 쉽게 풀릴 듯싶지 않았다. 영숙은 타는 가슴을 진정시키느라 스포츠 잡지를 뒤적였다. 그녀는 낮에 보았던 기사를 찾아 펼쳤다. 그것은 내일 열리는 조일 마라톤 선수권대회에 대한 특집을 다룬 기사였다. 잠실 야구장 앞을 출발하여 성남을 돌아오는 공인 코스를 달린다는 내용, 남자 250명 여자 32명이 참가하여 뜨거운 각축을 벌일 거라는 내용, 올림픽에 나갈 국가대표 일차 선발전을 겸한다는 내용이 있는 기사였다. 기사의 좌측에는 사진이 있었다. 남녀 각각 세 명의 사진이었다. 말하자면 우승 예상자 사진이었다. 사진에 눈길이 갔을 때 그녀는 속이 상하고 말았다. 낮에 보았을 때도 그런 감정은 있었다. 사진 속 자신의 표정이 굳어 있는 데다 너무 겉늙어 보였기에 그랬던 것이다. 자신의 사진이 가장 아래에 위치해 있다는 점도 마음이 편치 않은 이유였다.

그녀는 사진 옆에 자신을 소개한 기사를 읽어 나갔다. 이영숙, 노노 소속, 연령 30세, 신장 168cm, 최중 48kg, 2시간 32분 40초의 한국 최고 기록 보유자, 지구력과 유연성이 부족한 반면 가속 스피드와 승부근성이 뛰어난 백전노장.

그녀의 소개 기사 옆에는 박혜선의 소개 기사가 있었다. 기사는 그녀보다 더 강력한 우승후보로 박혜선을 소개하고 있었다. 속은 좀 상하지만 어쩌면 당연한 일이지도 몰랐다. 그녀는 떠오르는 별이었다. 중거리에서 마라톤으로 전향한 후 일취월장했다. 비록 한국 신기록을 못

냈다 뿐이지 기록을 꾸준히 경신해 오고 있는 중이었다. 또한 그녀의 최고 기록은 영숙과 비교해도 30초 밖에 뒤지지 않는 호기록이었다.

영숙은 그녀 사진보다 위에 실린 박혜선의 사진을 뚫어져라 바라보았다. 나이 20대의 탄탄한 얼굴이 거기 있었다. 그 사진을 보니 자신이 갑자기 더 늙어 버린 듯한 자괴감마저 들었다.

강하게 맘먹지 않으면 나는 결코 아무것도 해내지 못할 것이다. 다행스러운 것은 내가 지극히 건강하다는 점이다.

차가 조금씩 달리기 시작했다. 가을 살풍경한 모습이 차창으로 스쳐 지나갔다. 그녀는 의자 등받이에 몸을 깊숙히 기댔다. 자신이 오랜 방황 끝에 고향으로 돌아가는 탕자 같다는 생각이 문득 들었다.

어쨌든 집으로 가게 된 것은 기쁜 일이다. 이것 때문에 내일 시합을 망칠지도 모르지만 말이다.

이제 차는 외곽으로 접어들고 있었다. 그리고 제법 속력을 내었다.

여보 조금만 더 기다려요. 지금 당신을 향해 달려가고 있어요.

오전에 그녀는 숙소에서 남편에게 미리 전화를 할까

하다가 그만두었다. 남편에게 뜻밖의 기쁨을 맛보게 하고 싶었기 때문이었다. 잔잔히 웃음 짓는 남편의 해맑은 모습이 떠올랐다가 사라졌다. 차는 빨리 달리고 있음에도 그녀에겐 기어가는 듯이 느껴졌다. 그녀는 차 안에서 그리움으로 저리는 가슴을 억누를 수밖에 없었다.

그런데 정작 연립 입구에 도착한 순간 뭔가 어긋나는 듯한 예감이 들었다. 차를 보내고 난후 그녀는 3층의 그녀 방을 올려다 보았다. 15평 연립의 창문은 커튼이 쳐져 있었다. 산통이 깨지는 순간이었다. 그러나 혹시 하는 마음으로 그녀는 계단을 급히 올라 벨을 눌러 보았다. 남편은 역시 부재였다. 그녀는 짜증스러운 기분으로 문을 따고 들어섰다. 휙- 하고 차갑고 공허한 공기가 그녀를 덮쳐왔다. 섬뜩한 그 기운에 그녀는 진저리를 쳤다. 그 순간 그녀는 남편이 매일같이 느꼈어야만 할 그런 무게가 생각되었다. 한줄기 바람도 결코 예사롭게 느껴지지 않았기에 그녀는 갑자기 큰 죄 지은 기분마저 들었다.

영숙은 연립 문을 닫고 현관에 발을 올려놓았다. 감회가 새로웠다. 거의 한 달 만에 서 보는 것이었다. 일주일에 한 번씩 주어지는 외출도 그녀는 그동안 사양했었다. 오로지 숙소와 훈련장만을 오가며 연습에만 열중했다. 내일 경기가 그녀에게 너무나 중요했던 것이다. 그러니까 한 달 전 지금 그녀가 몸담고 있는 노노 팀이 창단되었다. 여자 마라톤 육성을 위해 창단된 것이었다. 그런데 창단 멤버로 그녀를 불러준 것은 그녀의 인생에 마지막 기회를 준 것이나 다름없었다. 내일 경기가 중요한 이유도 이런 점 때문이었다. 그녀를 인정해 준 팀에게 창단 기념 선물로 우승 메달을 주고 싶다는 마음뿐이었다.

영숙은 서둘러 안방을 들여다보았다. 안방은 깨끗하게 정리되어 있었다. 깔끔한 남편의 솜씨였다. 이번에는 부엌을 들여다보았다. 설거지통 안에 먹었던 그릇이 보이기는 했지만, 그 외에는 깨끗이 정리되어 있었다. 그녀는 쌀통을 열어 보았다. 쌀이 생각밖에 별로 줄지 않은 것으로 보아. 남편은 자주 끼니를 거르는 모양이었다. 그녀는 이곳저곳 기웃거리며 한 달 만의 집안 변화를 점검했다. 비교적 정돈은 잘 되어 있었지만. 곳곳에서 그녀의 손길을 필요로 하고 있음이 절실히 느껴졌다.

다시 현관으로 나온 그녀는 진열장에 눈길이 멈춰졌다. 진열장에는 각종 트로피와 메달들이 진열되어 있었다. 육상에서 탄 메달과 트로피들이었다. 조개의 고통으로부터 진주가 나오듯이 그녀의 고통에서 나온 진주라고 할 수 있었다. 그것들을 바라보고 있자니 뻑적지근한 애정이 새록새록 생기면서 잊고 있었던 감동이 밀려왔다.

먼저 6년 전 조일 마라톤에서 받은 우승 메달이 눈에 들어왔다. 그것은 국내 여자 마라톤 첫 풀코스 무대였기에 값진 것이었다. 그녀가 이 대회에 참석하기 전만해도 그녀는 무명 선수에 가까웠다. 그런데 이 대회에서 우승함으로써 그녀의 이름은 알려졌다. 4년 전 오사카 마라톤에서 받은 준우승 메달도 눈에 들어왔다. 그 대회를 계기로 해서 그녀는 국가대표로 선발되었다. 국가대표로 선발되었다는 소식을 전해 듣고 그녀는 문을 잠그고 소리 죽여 울었다. 꼬박 하루를 울었었다. 그동안 받았던 이 설움 저 설움이 머릿속에서 봇물이 터진 것처럼 떠올랐기 때문이었다. 국가대표가 되기 위해 그녀는 하루 8시간씩 강훈을 했었다. 뛰고 또 뛰었다. 가파른 길도 뛰고 험한 길도 뛰었다. 10kg의 배낭을 맨 채 산악을 뛰어다니기도 했다. 그러다 보니 코피도 많이 흘렸고, 변에 피가 자주 배어나오기도 했었다. 훈련의 고통 때문에 깊은 잠을 이루지 못했고, 어렵게 잠이 들었다가도 고통스러워서 잠을 깨기도 했었다.

3년 전 동아 마라톤에서 받은 메달도 보였다. 그것은 가장 영광스러운 메달이었다. 그 메달을 볼 때마다 그녀는 식은땀이 나곤 했다. 그녀는 그 대회에서 2시간 32분대의 경이로운 기록으로 한국 신기록을 세웠었다. 그때

세운 기록이 아직까지 깨지지 않고 있는 것이다. 그 드라마틱한 세월의 순간이 메달을 볼 때마다 느껴지던 영숙이었다. 그러나 그 뜻하지 않은 영광은 역작용도 컸었다 그녀는 마음의 평정을 얼마간 잃었다. 스스로 조절하기 힘든 마음의 심한 흔들림이 지병처럼 그녀에게 찾아온 것도 그즈음이었다. 내성적이고 수줍음을 타는 그녀로서는 세인들의 관심이 두렵고 당혹스러울 뿐이었다.

메달들 사이에 그녀의 사진 하나가 있었다. 소년체전에서 입상한 후 찍은 사진이었다. 그 사진을 보자 그 시절이 불현듯 떠올랐다. 그 당시 그녀는 눌러버린 언어가 많았었다. 그녀로서는 이해할 수 없는 일일이 많은 시절이었고, 힘이 없던 시절이었기에 그 시절을 생각하면 마음이 자꾸만 쓸쓸해졌다.

그녀가 다니던 초등학교는 산자락 양지바른 곳에 위치해 있었다. 그런데 마을에서 시오리나 떨어져 있었다. 또 통학로에는 큰 산이 막혀 있어 멀고 험했다. 그녀는 책상책보를 등에 둘러메고 그 길을 뛰어다녔다. 그 먼 길을 결석 한번 안고 다녔다. 그녀의 아버지는 키가 작은 고집불통이었다. 자기밖에 몰랐으며 또한 술 주정뱅이었다. 2남 1녀 중 막내였던 그녀는 아버지의 시도 때도 없는 술심부름에 시달렸다. 아버지는 정말 사고뭉치였는데, 술에 취하면 가족들에게 시비를 걸고 주먹을 휘두르기도 했었다. 그런 아버지는 당시 육상부 선수로 달리기하는 그녀를 마땅치 않아 했다.

여자가 무슨 달음박질이냐. 공부나 잘해 시집이나 좋은 곳 가야지.

그래도 말을 안 듣자 집안 망치는 종자라고 길길이 날뛰었다. 그러나 그녀는 달랐다. 그 방법밖에 없었다. 달리기는 그녀에게 하나의 구원이었다. 그녀의 어린 시절은 뚜렷이 둘로 나뉘어졌는데, 그건 달리는 시간과 그렇지 않은 시간이었다. 집은 가난했고, 시끄러웠고, 무서운 곳이었다. 그런 집에 있는 시간은 불안과 공포를 가져다 주었다. 그러기에 달리기를 하며 희열을 느끼곤 했었다. 비끄러맬 기둥이 없는 그녀는 달리는데 진심을 다했던 것이다. 그래서 영숙은 그때를 떠올릴 때마다 심한 갈증을 느끼곤 했다. 그 시절은 언제나 아득하고 아뜩했었다.

영숙은 멀뚱하게 메달들을 바라보다가 화들짝 깨었다. 남편이 곧 들이닥치며 밥 달라고 할 것 같은 예감이 스쳤기에 그랬다. 영숙은 안방으로 들어가 옷을 벗었다. 화장대에 달린 긴 거울의 그녀의 전신이 비쳤다. 그녀는 편한 옷을 갈아입으려다 말고 거울 속에 자신의 모습을 바라보았다. 빈약한 유방이 조금은 초라해보였지만. 사슴처럼 가늘고 긴 다리는 탄력 있게 보였다. 영숙은 이번에는 얼굴을 가까이 비춰 보았다. 화장을 엷게 했음에도 기미가 자꾸만 눈에 들어왔다. 얼굴이 전에 비해 많이 시커멓게 탄 것 같아 신경이 쓰이기도 했다. 퇴색한 나뭇잎 같다는 생각이 들었다. 또 짧게 친 머리가 마음에 걸렸다. 아무래도 머리를 땋는 게 더 어울릴 듯싶었다. 거울 앞에 선 그녀의 모습은 남파당한 젊음의 끝에 서 있는 듯싶어졌다. 그러나 이내 영숙은 고개를 저었다.

하지만 그건 문제가 안 돼. 상관없어. 지금은 상관없어. 내가 걱정할 것은 내일 경기야. 내일 경기를 생각해야만 돼.

영숙은 옷을 입었다. 그런 다음 벗은 옷을 걸려다가 걸려 있는 남편의 옷을 보았다. 갑자기 남편의 옷에서 무슨 냄새가 날까 궁금해졌다. 그녀는 남편의 걸린 옷을 들고 코를 대보았다. 남편의 숨결이 느껴졌다. 순간 그리움이 복받쳤다. 강렬한 그리움이.

이거 숙이 아녀?

청량리에서 기차를 탔을 때 누가 아는 체를 해왔다. 그때 그녀는 2호 차의 중간쯤 창 쪽에 좌석을 잡고 창밖을 보는 중이었다. 담배 연기가 싫어서 일부러 금연 칸으로 표를 끊은 것이었다. 싫은 것은 담배 연기뿐만이 아니었다. 지금은 비어 있는 옆자리에 앉을 사람의 추근거림이 더 싫은 터였다.

옆자리에 여자가 앉아 주었으면. 아니 그보다 내가 여자 마라톤 선수란 걸 모르는 사람이 앉아 주었으면.

그녀는 창밖을 보며 맞게 될 운명을 두렵게 기다렸다.

누구면 어때. 낌새를 보아서 귀찮게 굴 것 같으면 줄곧 자버리면 되지. 그런데 자는 동안 단양을 지나쳐 버리면 어떡하지.

이런 생각에 잠겨 있는데 누가 아는 체를 해온 것이었다. 깜짝 놀라 고개를 돌려보니 그 남자는 뜻밖의 기태였다.

어머, 기태 씨.

집에 가는 길이니?

응.

나도 집에 가는 길인데 마침 잘 됐네. 다른 여자보다 신선감은 없지만.

피. 어찌되었던 간에 기태 씨 만나서 정말 반가워.

진심이었다. 두렵고 착잡했는데 고향 또래를 만나니 눈물이 날 정도였다. 기태와 그녀와의 사이란 교회 친구라고 할 수 있었다. 일주일에 한두 번쯤은 어렵지 않게 만날 수 있었다. 그러던 게 고등학교를 졸업하고는 서로 만나기 힘들어졌다. 기태는 대학 다니느라 바빴고, 그녀는 육상을 하느라 그랬다. 방학이나 되면 가끔 만날 기회가 있을 뿐이었다. 그녀는 단양까지 가는 동안 마음이 포근해졌다. 따스한 아랫목과 같은 남자, 그래서 언제고 찾아오면 손을 맞잡아 반겨 줄 것 같은 남자, 늘 그런 분위기가 연상되는 남자가 기태였다. 둘은 간헐적으로 덜컹거리는 창문 소리를 들으며 얘기에 흠뻑 빠져들었다. 그러다 보니 서로에 대해 궁금한 점을 알게 되었다.

그녀는 다음과 같은 것을 알았다. 그가 서울에서 대학원을 다닌다는 것, 학비조달은 변두리에 있는 만화 가게로 한다는 것, 나이 서른이 가깝기에 장가는 가야겠는데 신부감이 없다는 것, 그래서 기차 타러 오면서 옆에 누가 앉을까 기대를 많이 했다는 것, 그녀에 대한 기사가 날 때마다 스크랩을 했는데 상당한 양이 되었다는 것을 알았다.

그는 또 다음과 같은 것을 알았다. 그녀가 오갈 데 없는 신세라는 것, 그 이유는 작년 겨울 몸담았던 육상부가 해체되었기 때문이라는 것, 감독과 연습을 하나 여러모로 힘들어서 전념하기 힘들다는 것, 며칠 전 경기에서 기권한 것도 이런 뒷사정 때문이라는 것, 어제 저녁 이런 부진을 이유로 대표팀에서 제외되었다는 것, 자신에게 마음의 준비는 있었으나 역시 충격적이었다는 것, 착잡한 마음을 달래보려고 집에 가는 중이라는 것, 앞으로 어떻게 어쩔까 생각 중이나 모든 게 막연하다는 것을 알았다.

이런 이야기를 하는 동안 그녀는 침울해졌다. 그러는 심정을 읽은 듯 기태는 그녀에게 아재개그를 하면서 분위기를 밝게 하려고 노력했다. 그녀는 또 가슴속에 침울함을 지워나갔다.

열차에서 내렸을 때 밖은 사월이었다. 그러나 그녀의 마음은 겨울이었다. 대표 팀에서 제외되고 나니 마음이 텅빈 벌판이었다.

이제 어떻게 할 거니?

마을 어귀 갈림길에서 기태가 손마디를 꺾으면서 물었다.

나도 모르겠어, 무엇이 어떻게 될지.

이것이 내 서울 주소니까 내 도움이 필요하면 연락해. 서울 오게 되면 한번 들르고.

그렇게 기태와 헤어진 영숙은 며칠 후 기태를 찾아갔다. 기태의 만화 가게는 두 평 남짓한 공간이었다. 그 공간을 반 갈라 반은 만화방으로 쓰고 반은 부엌으로 썼다. 그런 구차한 곳에서 둘은 자주 만났으며, 만나게 되면 영화도 보고 커피도 마셨다. 명숙은 그의 가난하게 사는 모습을 보며 그녀의 손을 필요로 한다고 느꼈다. 함께 부대끼며 한 솥밥을 먹을 수도 있다고 생각되었지만, 말로 표현할 수는 없었다.

그러던 어느 날이었다 그날도 둘이 만나 걷다가 너무 추워서 다방으로 들어갔다. 그녀는 기태에게 물었다.

넌 어렸을 때 꿈이 뭐였니?

화가였어. 꿈 하니까 갑자기 고흐가 생각난다. 난 고흐를 무척 좋아했거든. 살아있을 당시 단 한 점의 그림만 팔렸을 정도로 그의 생애는 가난과 소외의 연속이었데. 언젠가 고흐가 그의 동생 테오에게 보낸 편지내용을 본 적이 있었어. 예술이란 얼마나 풍요로운 것인가. 예술을 기억할 수 있는 사람은 결코 허무하지도, 생각에 목마르지도, 고독하지도 않을 것이다. 이렇게 말이야.

그녀는 기태를 바라보면서 뭔가 기분 좋은 기분이 입술을 스치고 지나가는 것을 느꼈다. 그리고 기태의 입을 통해 방금 말했던 테오의 말이 떠올랐다. 그런데 그 말이 묘하게도 다음과 같이 변형되어 마음속에 새겨졌다. 너는 나에게 얼마나 풍요로운 것인가. 너를 기억할 수 있는 사람은 결코 허무하지도, 생각에 목마르지도, 고독하지도 않을 것이다, 라고.

왜 내 얼굴에 뭐 묻었니? 나만 뚫어져라 바라보게.

영숙이 그를 한참이나 똑바로 쳤다 보자 기태가 핀잔을 주었다.

그럼 안 돼?

그녀는 이렇게 말하고 지긋이 그녀를 쳐다보는 그를 보았다.

너 나에게 시집오고 싶니?

그러고 싶어.

이렇게 말해 놓고 그녀는 그의 표정을 보고 싶었으나 고개 숙일 수밖에 없었다. 그러면서 어딘가 이런 용기가 났을까, 하는 생각에 그녀는 자신이 기특했다. 잠시 동안 침묵이 흘렀고 불안한 고요가 지속되었다.

그건 안 돼.

잠시 후 그녀는 그의 거절의 목소리를 들었다.

왜?

내가 너한테 장가를 갈 거니까.

결혼 날짜는 빠르게 잡혔다. 이제 더 이상 마라톤의 미련을 가질 필요가 없다 생각했다. 마침내 은퇴를 결정하고 영숙은 하늘을 올려다 보았다.

이렇게 해서 마라톤 인생의 피리어드를 찍는구나.

결혼 후 3개월의 시간, 그 기간은 그녀의 인생의 가장 평화로운 시간이었다. 돈은 여유가 없었지만. 낭만이 있고 행복이 있던 시간이었다.

그런데 신혼 3개월째 어느 날이었다. 신혼의 단꿈을 와장창 깨는 손길이 있었다. 남편이 대학 동기의 보증을 썼는데 그게 화근이었다. 남편은 너무 착해서 탈이었다. 남편의 동기는 증발해 버리고 빚쟁이들이 들이닥쳤다. 남편의 재산과 만화방이 빚장이 손에 넘어갔다. 그들의 보금자리가 하루아침에 날아가 버렸다. 파삭하고 뭔가 허물어지는 소리를 그녀는 들었다. 마음의 방문이 무너지는 소리였다. 남편은 학교를 휴학하고 일자리를 찾아 나섰지만 그게 여의치 않았다. 남편이 주저앉았다. 그녀는 남편 얼굴에서 눈물 한 줄기를 보았다. 그녀라도 이 어둠에 나서서 호롱불이 밝게 하리라 생각되었다. 그랬다. 어떻게든 짐을 떠맡고 싶었는데, 강대길 감독을 만난 것이 그 시점이었다. 그녀와 마라톤 인생을 같이 한 사람이 그였다. 사정을 듣고 난 그가 마라톤을 다시 시작하자고 유혹했다.

불가능한 얘기예요. 제 나이도 이제 서른인 걸요.

강 감독은 그렇지 않다고 했다. 세계적 마라토너 중에는 주부가 상당하다고 말했다. 나이는 문제가 안 되며, 중요한 것은 결심과 인내라고 했다. 재질은 아무나 타고 나는 게 아니라고 했다. 아시안 게임에 참석하지 못 한 것이 억울하지 않느냐, 더 큰 무대인 올림픽에서 한을 풀자. 그의 말이 그녀의 가슴을 찔렀고, 잔잔한 마음에 돌을 던졌다.

아, 나는 그것을 또 해야만 하는가.

막상 그 길밖에 없다는 생각에 그녀는 눈물이 났다. 결국 그녀는 다시 복귀를 선택했다. 은퇴한지 4개월 만에 복귀였다.

남편은 이내 돌아오지 않았다. 그녀는 온갖 정성을 다해 요리 솜씨를 발휘했건만 당사자는 오리무중이었다. 영숙은 창밖을 내려다보았다. 맞은편에 보이는 고층 아파트에서는 방마다 불빛이 흘러나오고 있었다. 순간, 그리움이 가슴에 물결쳤고, 부풀었던 마음이 조금씩 원망으로 자리바꿈하고 있었다. 그녀는 가슴을 쓸어내리며 TV의 스위치를 넣었다. 코미디 프로였으나 흥미가 없었다. 대신 나른함이 느껴졌다. 눈꺼풀이 스르르 감겼다.

얼마 뒤에 전화 벨소리를 아득하게 들으면서 그녀는 잠이 깼다. 여보세요하고 수화기를 들었을 때 그녀는 실망했다. 그 전화는 뜻밖에 잘못 걸린 전화했기 때문이다. TV는 켜진 상태였다. 깜빡 졸았구나, 하며 시계를 보았을 때 11시가 조금 지나고 있었다. 그녀는 순간 화들짝 놀라며 TV를 끄고 방을 나섰다. 남편은 아직도 귀가하지 않은 상태였다. 이렇게 늦은 시간까지 귀가하지 않는 남편을 생각하니 불길함과 원망이 뒤범벅되었다.

자는 사이의 남편이 들어왔다면 내가 한심해 보였겠지.

그녀가 잠 많아서 걱정이라는 어머니 말씀이 떠올라 그녀는 웃음이 나왔다. 그녀는 서둘러 세수를 하고 영양크림을 듬뿍 찍어 발랐다. 막 얼굴 마사지를 끝냈을 때 남편이 자물쇠 여는 소리가 들렸다.

아니 여보, 어떻게 된 거야? 무슨 일 있었어?

현관에 들어서던 남편이 그녀와 눈이 마주치다 말했다.

아니야 무슨 일은요. 특별 외출이에요 단장님 특별 배려로.

그랬었군. 미리 연락을 하지 않고선.

당신이 이렇게 늦을 줄 몰랐어요. 기다리면서 얼마나 속상했는지 몰라요.

미안해. 하지만 정말 기쁜 소식 있어.

남편이 그녀의 허리를 감싸 안았다.

드디어 취업을 하게 되었어. 교수님이 추천해 주셨는

데 회사에서 오늘 합격 통지서가 왔어. 그래서 교수님 식사 대접하느라 늦은 거야.

듣다 보니 그녀의 노여움을 부끄러움으로 변했다.

그랬구나, 드디어 취직이 되었구나.

그런데 이거 당신한테 좋은 냄새가 나는데.

남편이 허리를 죄어 왔다, 아프도록.

여보 잠깐만요 전 지금 배가고파요.

아직 뭐라고? 아직도 저녁을 안 먹었단 말이야.

그래요, 물론 당신은 드셨겠죠.

아냐 나도 배가 고파. 고기 몇 점 먹은들 배가 차나. 잠깐만 기다려 내가 차려 줄테니까.

아니에요, 방에 들어가 계세요. 제가 다 준비해 두었어요.

그녀는 말이 끝나기 무섭게 뽀르르 부엌으로 향했다. 내가 아니면 누가 하리요, 하는 마음이었다.

준비된 음식들은 식어 있었다. 그녀는 국을 데우고 김을 구우며 행복을 느꼈다. 음식은 정성이라지만 워낙 음식의 일가견이 없는 그녀였다. 결혼을 앞두고 이 때문에 걱정을 많이 한 그녀였다. 그러나 투정 없이 맛있게 먹어주는 남편이 고마울 뿐이었다. 또 틈틈이 요리를 가르쳐 주는 자상함은 눈물겨울 정도였다.

문득 영숙은 그때를 떠올렸다. 언젠가 남편과 교회에

서 소꿉놀이를 하던 때가 있었다. 초등학교 다니던 그 시절이었다. 남편은 20여 년 전 그때도 여전히 자상했었다. 반찬 투정도 없었다. 모레로 밥해 주면 힘들지, 좀 쉬어, 라고 할 뿐이었다. 그러면서 팔 다리를 주물러 주곤 했었다. 남편은 그때나 지금이나 정말 변하지 않는 남자처럼 느껴졌다. 그녀가 차려준 음식을 열심히 먹는 그를 보니 더욱 그런 생각이 들었다.

오늘도 늦게까지 공부하실 거예요?

영숙은 책을 보고 있는 남편을 보고 물었다. 그녀는 방금 밥상을 물리고 자리에 든 상태였다.

아니 당신 팔베개가 있으니 빨리 자야지.

남편은 그녀의 재촉을 기다리기라도 했듯이 이내 불을 껐다. 주위가 어둠으로 감싸졌다. 어둠이 뜻밖에 푸근했다.

여보.

기태 씨.

어둠 속에서 두 사람의 말이 동시에 나왔다.

당신이 먼저.

남편이 양보의 뜻을 비쳤다.

먼저 말씀하세요. 그녀도 양보의 뜻을 비쳤다. 결국 남편이 먼저 말을 열었다.

아까 현관 들어섰을 때 얼마나 놀랐는지 알아? 사람

을 그렇게 놀라게 하다니. 그래 훈련은 힘들지 않아?

아직은 괜찮아요.

고생이 많았지. 미안해.

뭐가 미안해요?

오히려 제 쪽이 그렇죠.

오늘 내일 경기를 위해 일찍 자도록 해. 참 당신이 하고 싶은 말은 뭐지?

남편이 이불을 목까지 당겨 주며 말했다.

별건 아니에요. 귀찮으시더라도 끼니 거르지 말라는 것이었어요.

그래 당신 말대로 할 테니 어서 자도록 해요.

그 말을 끝으로 남편은 그녀를 입을 다물어 주었다.

많은 일이 이루어질 내일 위해 자자.

영숙은 눈을 감았다. 그러나 잠이 오지 않았다. 물에 젖은 장작처럼 잠의 불이 잘 붙지 않았다. 아까 잠깐 자서 그런지, 오랜만에 남편과 자니까 그런지, 아니면 내일 시합 때문에 긴장해서 그런지 알 수 없었다.

영숙은 어둠 속에서 일어났다. 남편이 예민하기게 그녀는 조심해서 이불에서 나왔다. 그리고 남편이 뒤척이는 소리를 들으며 옷을 입었다. 잠을 못 자서인지 나른함이 느껴졌다. 그녀는 현관에 걸린 거울에 자신을 비춰 보았다. 그녀 눈동자에 핏발이 서 있었다.

그녀는 빌라를 나왔다. 빌라 입구에 택시 한 대가 서 있어서 쉽게 차를 탔다. 택시는 잠실 야구장을 향해 달렸다. 택시 유리창으로 잠든 도시가 지나갔다. 가끔씩 이정표가 나타났다가 사라졌다. 택시는 강남에 대로를 시원하게 달려 야구장 앞에서 그녀를 토했다.

택시가 가버리자 주위는 적막감이 감돌았다. 현기증이 나도록 촉촉한 새벽 기운이 혼탁한 그녀의 의식을 찔러왔다. 그녀는 출발선으로 걸어가서 우두커니 섰다.

앞으로 몇 시간 후면 이곳에서 희비가 엇갈리게 된다. 나는 과연 어떤 모습으로 이 자리에 서게 될까? 어떻든 승리해야만 한다. 패자는 설 땅이 없다.

그녀는 시든 잎새처럼 고개를 떨꾸었다.

그런데 왜 이렇게 불안할까? 왜 자신이 없는 것일까? 이 자리에 서기 전까지만 해도 안 그랬는데.

오금이 달라붙었다. 추워서가 아니었다. 그녀는 고개를 들었다. 순간 박쥐 한 마리가 날아간다 싶더니 거대한 어떤 무엇이 그녀의 어깨를 부여잡았다. 그리고 목을 조르기 시작했다.

택시이.

그녀는 간신히 정신을 차리며 소리쳤다. 마침 빈 택시가 그녀를 향해 와 주었다. 그녀가 집에 왔을 때 남편은 깨어 있었다.

어디를 갔었소?

오늘 경기 칠 곳에 갔었어요.

아니 큰일 나려고.

여보 할 얘기가 있어요. 사실 밖에 나갔다가 박쥐 비슷한 걸 봤어요. 그런데 그걸 보고 나면 꼭 무슨 일이 생기곤 해요. 전번 시합 때도 그랬어요. 자꾸 불길한 생각이 들어요.

그건 당신이 너무 피곤해서 그런 걸 거야. 당신에게 헛것이 보인 거야.

그럴까요?

그럼. 그런데 당신이 너무 힘들어 보여서 난 가슴이 아파, 미안해.

아직은 괜찮아요.

만화방만 날리지 않았어도 당신이 이런 고생 안 해도 될 텐데. 난 견딜 수가 없어. 나는 바보일 뿐이야. 나는 나는…… .

여보, 그만.

낮고 초연한 목소리도 그녀는 남편의 말을 막았다.

제 걱정은 마세요. 전 건강한 여자니까요.

그리고 뒤이어 무슨 말인가 하려 했으나 말할 수는 없었다. 남편이 너무나 힘껏 그녀를 껴안았기 때문이었다.

그녀는 그의 품 안에서 눈을 감았다. 남편의 따뜻한 온기가 전해져 왔다. 아 온기…… .

영숙은 출발 몇 분을 남기고 하늘을 올려다보았다. 하늘이 유난스레 허허로웠다. 바람이 무척 세차게 부는 날씨였다.

그녀는 출발선에서 가볍게 호흡을 조절했다. 6년 전 이맘때쯤 그녀는 이 대회에서 똑같은 출발을 했었다. 그리고 우승을 했었다. 또 다시 그런 영광을 차지할 수 있을까 생각하니 그녀는 숨이 가빠졌다.

이제 출발 5분 전. 이 5분이 그녀를 견딜 수 없게 했다. 관록이 붙은 그녀로서도 예외가 아니었다. 그 짧은 시간

동안 온몸을 휩싸는 전율을 견딜 수가 없는 것이다. 꼭 이맘 때면 막연한 불안감이 호젓하게 피어오르기도 했으며, 헛된 망상이 고개를 들기도 했다. 온갖 생각들이 빠르게 떠올랐다가 사라지곤 했다. 그 사이에도 누가 베어 먹은 것만 같은 시간은 초조하게 흘렀다.

땅, 하고 마침내 출발 신호가 울렸다.

아무 것도 두려워할 필요가 없어.

그녀는 땅을 박차고 나가며 가슴에 도장을 찍듯이 낮게 중얼거렸다.

1km 구간까지는 서로 눈치만 살필 뿐 12명 중 누구도 스피드를 내는 사람이 없었다. 5분은 족히 걸린 것 같았다. 이때 뒤에 있던 혜선이가 안 되겠다 싶었는지 선두로 나섰다. 세찬 맞바람이 불어오고 있었다. 영숙은 혜선의 뒤로 바짝 좁혀서 바람의 저항을 줄였다. 혜선이 조금씩 속력을 내기 시작했다.

이번 경기에서 너를 이겨서 내가 지는 별이 아니라는 걸 보여 주겠다.

영숙도 속력을 내었다.

10km쯤 왔을 때 남자들이 하나둘씩 추월해 갔다. 여자보다 5분 늦게 출발한 그들이었다. 남자는 역시 강했다

15km를 조금 못 가서 영숙은 여자 선수 중에서 선두로

나섰다. 즉 그녀의 라이벌인 박혜선을 제치고 선두로 나선 것이다.

3월의 영광이 다시 올 수 있다면.

2시간 32분 때 신기록을 세울 때가 3월이었다. 신기록을 세운 그날 그녀는 참 희한한 꿈을 꾸었다. 꿈에 어떤 사람이 나타났는데 무척 거룩하게 보였다. 그 사람이 금면류관을 가지고 그녀에게 다가왔는데, 그 면류관에는 보석이 박혀서 번쩍번쩍했다. 그 남자가 영숙에게 면류관을 씌워 주자 많은 사람들이 박수를 치면서 환호했다. 그런데 면류관을 쓰고 나니 머리가 아팠다. 얼굴을 만져보니 얼굴에 피가 흘러내리고 있었다. 말하자면 그 면류관은 가시 달린 면류관이었던 것이다. 그녀는 깜짝 놀라 벗으려 했으나 벗겨지지도 않았다. 우승 이후 이 꿈이 그녀를 늘 따라다녔다.

사실 영광이란 얼마나 작은 부분인가. 사람들은 그녀에게 더 많은 기대와 질책을 보았다. 그게 가시처럼 그녀를 찔러대는 것이었다. 영숙도 그 기록에 만족한 것은 아니었다. 해서 남다른 노력을 기울였지만 의지라는 것과 무관한 운명은 불가사의였다. 신기록을 세우고 그녀는 다음 경기에서 부진했는데, 처음에는 방심이 이유였다. 하지만 다음 경기도 부진했는데, 이번엔 너무 훈련이 지나쳐서 그랬다. 게다가 다음 경기도 부진했는데, 그건 부친상을 당한 데서 오는 충격 때문에 그랬다. 하지만 불길한 운명의 손은 장난을 그치지 않았는데, 그 다음 경기를 앞두고 그녀는 교통사고를 당하기까지 했다. 런닝하는 그녀를 뒤에서 차가 들이받은 것이었다. 그날은 안개가 자욱한 날이었다. 그리고 그 다음 경기에서 그녀는 레이스 도중 기권을 했고, 대표팀에서 제외되는 아픔까지 당했다. 자신을 방해하는 그 무엇, 그것은 인력으로 어쩔 수 없었다.

영숙은 여자 선수 중 선두로 반환점을 돌았다. 그녀는 반환점을 돌면서 시계를 보았다. 조금 지치긴 했으나 기록은 무척 좋았다. 너무 오버페이스가 아닌가 걱정도 되었다. 햇빛이 그녀 정면으로 비쳐왔기에 약간의 현기증을 느꼈다.

반환점에서 2km 쯤 더 뛰자 내리막길이었다. 내리막길에서 영숙은 속력을 내지 않았다. 오르막길에서 그러면 힘들다고 느껴졌기에 그랬는데, 그러다 보니 다시 선수를 빼앗겼다.

나 자신을 꿋꿋이 세우는 것이 중요하다. 그러면 신기록은 나오는 것이다. 지나친 흥분은 좋지 않다.

이렇게 다짐하는 동안 30km 지점까지 왔다. 영숙은

다시 선두로 나섰다. 한층 스피드를 냈다. 우승의 확신이 서기 시작했다. 큰 이변이 없는 한 박혜선이 자신을 따르기는 힘들 거라고 생각되었다.

그런데 40km를 조금 앞두고 일이 생겼다. 그녀의 다리에 경련이 생긴 것이었다. 처음엔 대수롭지 않게 생각한 영숙이었다. 그러나 다리가 부어오르는 것이 감지되고, 통증이 느껴지자 완주에 회의가 생겼다. 그러나 남편을 생각하고 단장을 생각하며 이를 악물고 참았다. 그러나 현기증과 졸음이 겹쳐서 정신력으로 이겨내기에는 역부족이었다. 영숙은 몇 번 자신의 뺨을 갈기며 졸음을 쫓았다. 하지만 이 고비를 넘긴다 해도 방법은 없는 듯했다.

일이 안 될 운명이다. 깨끗하게 운명에 인도에 순종하자.

하지만 영숙은 이내 고개를 저었다.

다른 사람을 실망시켜서는 안 돼. 남편을 생각하자. 남편은 나를 기다리고 있다. 그를 실망시켜서는 안 된다. 남편은 나를 지금 기다리고 있다.

하지만 영숙은 다시 고개를 저었다.

아니야, 그게 아니야. 남편은 나를 기다리고 있지 않아. 지금 남편은 나와 같이 뛰고 있는 것이다. 나와 같이 헐떡이고 있으며, 같이 고통을 당하고 있으며, 같이 고통을 참고 있는 것이다.

다시 다리가 쑤시기 시작했다. 살을 저미는 극렬한 통증이 새삼 느껴졌다.

그래, 그때 그만둔다고 확실히 말했어야만 했었어. 강대길 감독이 찾아왔던 그때, 나는 거절이 있어야만 했어. 이제 마라톤은 지겨워. 아니 너무 힘들고 힘들어.

영숙은 뒤를 돌아보다가 멈칫했다. 박혜선이 어느새 그녀를 바짝 추격해 오고 있었다.

신이여, 이제는 어떤 운명이든지 받아들이겠습니다. 저는 최선을 다했습니다. 그러나 이제 더 이상 고통을 견딜 수가 없습니다.

그런데 공든 탑은 무너지지 않았다. 아련하게 결승점이 보이기 시작한 것이었다. 그게 눈의 착각이 아니라면 견딜 수 있을 듯싶었다. 영숙은 앞에 보이는 결승 테이프를 주시했다. 눈의 착각이 아닌 엄연한 현실이었다. 그녀는 아랫입술을 피가 나에게 깨물었다.

당신과 나는 같이 뛰는 거야.

남편은 그녀가 출발하기 전 이런 말을 했었다. 눈물 몇 방울이 볼을 타고 흘러내려 볼이 간지러웠다. 왜 그녀는 그토록 기태에게 끌렸던 것일까? 그녀는 속으로 자문했다. 여러 이유가 있지만 아마도 지금까지 살아오면서 부드럽고 잔잔함을 많이 느낄 수 없었기 때문에 그랬을 지도 몰랐다. 아버지나 감독은 그녀에게 늘 냉혹했고, 칭찬보다 꾸중을 좋아했다. 이해보다는 문책을 좋아했다. 그렇게 모든 남자에게서 느꼈던 거침과 차가움은 늘 그녀에게 시련이었다. 하지만 기태만은 예외였으며, 그는 늘 잔잔하고 따뜻했던 것이다. 또한 비록 사기로 돈을 상실하긴 했지만, 아직도 온기 있는 가족은 상실하지 않았다는 점은 중요한 점이었다.

기태 씨이이…….

영숙은 낮게 중얼거리면서 손으로 입을 누르면서 소리 죽여 울었다. 시간이 흐를수록 눈물이 눈앞을 가렸기에, 그녀는 주먹으로 눈물을 닦았다. 하지만 눈물이 물꼬를 튼 것처럼 또 다시 터져 내렸기에 눈앞이 침침해졌다. 그녀는 잠시 눈물이 흐르는 것을 내버려 두기로 했다. 그러자 땀과 눈물이 한데 엉키면서 얼굴이 끈적거렸기에 영숙은 얼굴을 두 손으로 감쌌다.

다시 눈물을 닦았을 때 그녀는 한 마리의 날아가는 새를 볼 수 있었다. 하늘 높이 솟아오르려 날개를 파닥이는 새 한 마리를.

작가가 아닌 독자로서 <상실의 깊이>에 대해

한 사람의 상실의 크기를 제대로 알려면 몇 년이 걸릴지도 모른다고 마크 트웨인은 말했다. 사실 상실감이라는 감정은 그 크기나 깊이를 측량하기 어려운 것이라는 생각이 든다. 하지만 인간은 살아가면서 이것을 피할 수는 없다. 친한 사람이나 관계를 한 순간에 잃을 수도 있고, 재물, 지위를 잃을 수도 있다.

상실의 많은 종류 중에서 자아의 상실은 인간의 삶의 영역에 가장 치명적이며, 삶의 많은 변화를 이끈다고 하겠다. 게다가 어려운 상황 속에서 변화와 발전보다는 수긍과 체념을 택할 때 자아의 상실이 일어날 수밖에 없다. 자아의 상실은 자신의 본래 가치관과 성격을 잃게 만들고 수동적인 태도를 보이게 만들기도 한다.

<상실의 깊이> 는 잘 나가는 중견기업 대표였다가 한 순간 사업의 실패로 어느 대기업 부회장의 운전기사로 전락하게 된 주인공이 겪게 되는 상황들과 그에 대한 주인공의 판단과 감정변화를 섬세하게 다루고 있다. 여기에는 몇 가지 감상 포인트가 있는데, 그런 점에 관심을

둔다면 더욱 작품의 묘미를 살릴 수 있을 것 같다. 첫 번째로, 주인공은 방귀를 참지 못했다는 명목으로 아들이 보는 앞에서 부회장에게 무릎을 꿇고 일명 '벌칙'을 당한다. 그런데 정작 읽으면서 어리둥절하게 만드는 것은 그가 이런 '벌칙'으로 인해 모욕감을 느끼기보다는 해고를 당하지 않았다는 점에서 도리어 안심하는 모습을 보인다는 점이다. 이 부분에서 주인공이 얼마나 현실에 굴복하여 초조한 삶을 살고 있는지 알 수 있게 만든다.

두 번째로, 주인공 단골식당의 사장이 불량 학생들에게 공격당하는 상황에서 조금은 의외의 상황이 나온다. 그건 주인공은 아무 것도 하지 않고, 오직 자신이 그 학생들에게 보복당하지 않는 것에만 초점을 맞추고 있다. 이 부분은 여러 각도로 해석이 가능한데 상실에 잠긴 인간은 여유가 없다는 점에서 바라보면 조금 더 리얼리티가 느껴진다. 자신뿐만 아니라 타인의 상황까지 생각하기엔 주인공의 상황이 여유롭지 않고 그만큼 자존감과 자신감도 낮다는 반증이 될 수 있기 때문이다. 이런 주인공의 태도는 어쩌면 이기적이라고도 볼 수 있다. 그러나 이 부분은 주인공이 겪은 상실과 그것의 깊이가 절대 얕지 않다는 걸 생각한다면 넘어갈 수도 있는 부분이다.

저자는 주인공을 현실에 굴복한, 자신감과 자존감이

낮고 소심한 이미지로 묘사한다. 또한 저자는 주인공을 '당신'이라고 칭하며 마치 독자가 주인공이 된 것처럼 느끼게 한다. 주인공의 일상과 그의 생각, 회상 등이 번갈아 등장하며 '당신'이라는 인칭대명사와 함께 독자가 몰입하고 이해할 수 있게 돕는다. 이런 저자의 표현 방식은 상실을 겪는 이는 어떤 특별한 상황이나 사람이 아니라 우리 모두 누구나 겪을 수 있는 일임을 나타내는 방식으로 끌고 가려는 의도처럼 보여진다. 또한 이 작품은 대화체와 상황을 크게 구분하지 않고 이야기를 이어가는 모습을 보이는데, 이 부분에서 독자는 다소 흐름을 이해할 때 어려움을 겪을 수도 있을 것이라는 생각이 든다. 어떤 문장이 주인공의 생각인지, 상황의 설명인지, 혹은 타인의 말인지 헷갈리기 때문이다. 하나, 필자는 이마저도 상실의 구덩이에 빠져 허우적대는 주인공의 혼란스러운 내면을 표현하는 하나의 장치로 활용하고 있는 것이 아닐까라는 추측을 하게 만든다. 자아를 잃어 자신이 느끼고 있는 감정이 상실이라는 것조차 인지하게 못 하는 자들에게는 타인의 말들이 그저 흘러가는 뜬구름처럼 공허한 것이 될 수 있기 때문이다.

이 책은 단순히 주인공이 겪는 상실과 그에 따른 좌절, 후회, 굴복만을 이야기할 뿐 아니라 어떤 순간에서도 극복할 만한 수단은 언제나 존재함을 보여주기도 한다. 예를 들어 케렌시아가 바로 그런 것 중 하나이다. 케렌시아는 스페인어로 '안신처'를 뜻하는데, 투우에서 소가 투우사와 최종 일전을 앞두고 마지막으로 힘을 모으는 투우장 안 자신만의 장소를 의미한다. 작품 속 주인공의 케렌시아는 그의 집도, 방도 아닌 바로 단골식당이다. 그러나 그 식당마저도 사라질 위기에 처하자, 최근까지 오로지 부회장이 시키는 경로대로만 다녔던 주인공은 어디로 가야 할지 갈피를 잡지 못하는 모습을 보인다. 상실은 이렇게 현실에 굴복하여 자신의 주체적인 결정마저 주저하게 만들기도 한다.

그럼에도 주인공은 결국 자신이 원하는 곳에 다다르고 자신만의 또 다른 케렌시아를 만들어낸다. 그건 소극장에서 연극을 보는 장면인데. 그 연극의 여배우 역할이 '연어'라는 점이 인상 깊은 점이다. 연어는 알을 낳기 위해 역류하는 어류이다. 이 점은 자신의 자아를 찾기 위해, 혹은 상실의 늪에서 벗어나기 위해 발버둥 치는 우리 사회의 그 누군가들을 뜻하는 것처럼 느껴지게 만든다. 게다가 마지막 부분에서 주인공이 부회장의 전화를 받지 않음으로 자신을 수동적으로 움직이게 했던 존재에게서 벗어나는 모습을 보인다. 이것은 어쩌면 주인공이 능동적으로 자아를 찾기 위한 첫 걸음을 뗀 것이라 볼 수 있을 것이다. 헨리크 입센의 『인형의 집』 주인공인 노라가 마지막 부분에서 각성하듯이 이 장면은 주인공과 노라가 오버랩 되면서 떠오르게 한다. 이처럼 이 작품은 한 사람이 상실에서 벗어나기 위해서는 자아를 옥죄고 있는 사소한 구속으로 부터 벗어나는 것이 먼저라는 생각이 들게 만든다.

인생의 길고 긴 여정을 사노라면 예상하지 못한 상실의 아픔으로 인해 마음 아픈 일이 생길지도 모르겠고, 상실의 굴레에서 벗어나기 위해 자신만의 케렌시아를 찾기 위해 열심히 몸부림쳐야 할지도 모르겠다. 그럴 때 이 작품은 상실의 아픔을 조금이나마 감싸줄지도 모르기에 일독의 가치는 있을 것이라 생각한다.

글로 쓰는 상실

발행일 2024년 12월 30일

지은이 정덕현
펴낸이 이문용
편집 복일경
디자인 서승연
펴낸곳 도서출판 세종마루
등록 제841-98-01732호
주소 세종시 마음로 322, 2201-602
전화 0507-1432-6687
E-mail sjmarubook@gmail.com